CONY

Nova Fronteira Acervo

3ª edição

CONY
carlos heitor

O harém das bananeiras

Editora Nova Fronteira Participações S.A.
Rua Nova Jerusalém, 345 – Bonsucesso – 2104-2235
Rio de Janeiro – RJ – Brasil
Tel.: (21) 3882-8200 – Fax: (21) 3882-8312/8313

Equipe Editorial
Daniele Cajueiro, Ana Carla Sousa, Maria Cristina Antonio Jeronimo, Guilherme Bernardo, Adriana Torres, Mônica Surrage, Pedro Staite, Leandro Liporage, Maicon de Paula, Vinícius Louzada

Revisão
Eduardo Carneiro, Juliana Pitanga

Diagramação
Filigrana

Este livro foi impresso no Rio de Janeiro, em 2014, para a Nova Fronteira. O papel do miolo é chambril avena 80g/m², e o da capa é cartão 250g/m².

CIP-BRASIL. CATALOGAÇÃO-NA-FONTE
SINDICATO NACIONAL DOS EDITORES DE LIVROS, RJ

C784h
Cony, Carlos Heitor, 1926-
O harém das bananeiras / Carlos Heitor Cony. - [3. ed.] - Rio de Janeiro : Nova Fronteira, 2014.

ISBN 978.85.209.2528-7
1. Conto brasileiro. I. Título.

14-16806 CDD: 869.91
CDU: 821.134.3(81)-1

Estão reunidas, neste volume, crônicas publicadas na
Folha de S.Paulo e em outros jornais e revistas.

Sumário

O fogão e a chuva

O menino tinha um defeito na fala. Até os cinco anos fora mudo, olhava o mundo, olhava as coisas e não dizia nada. Talvez não quisesse dizer nada realmente. Havia momentos em que chorava, em que ria (chorava mais do que ria) e emitia algum som. Nada articulado, sentia que os adultos o evitavam, talvez gostassem dele (tudo era possível), mas sempre davam um jeito de mantê-lo a distância.

O silêncio dele parecia uma denúncia — o melhor era deixá-lo pelos cantos, ou embaixo da mesa de jantar, ponto de observação que dava ao menino a mesma perspectiva das pessoas pela metade, dos pés à cintura, como nos desenhos animados do Tom & Jerry, onde os humanos só aparecem em forma de pernas.

Começou a falar depois de um susto. Estava na praia de Icaraí, viu um aviãozinho fazer piruetas no céu, depois o aparelho foi baixando, baixando, era um hidroavião vermelho, pousou na água lá longe e veio vindo em direção da praia, o barulho foi aumentando, de repente o menino sentiu pavor, gritou e correu, foram pegá-lo quando atravessava a pista de carros, por pouco seria atropelado.

Desse dia em diante, o menino começou a falar.

Falava errado. Trocava as letras. A língua não tinha flexibilidade para certos ditongos, era impossível pronunciar o próprio nome, trocava principalmente o "c" pelo "t", o "g" pelo "d".

Tentaram corrigi-lo, mostravam como devia fazer, algumas sílabas pediam que a língua batesse nos dentes da frente, assim, olhe só, assim. E havia outras em que a língua encostava no céu da boca, assim, veja só, é fácil. Nada disso adiantava, o menino continuava a dizer tavalo, tomida, tachorro, daroto, daragem.

Não podia frequentar escolas, seria doloroso, os outros meninos cairiam em cima dele, julgando-o retardado. Foi ficando em casa, o pai ensinava-lhe o que podia, passava exercícios, o menino aprendeu a ler e, quase ao mesmo tempo, a escrever.

Foi quando o irmão mais velho fez 15 anos e houve festa em casa. No quintal, formara-se uma roda de garotos na qual o menino não podia entrar. De repente o chamaram. Pediram que ele dissesse: "Dona Jandira adora um fogão" (Dona Jandira era uma vizinha da qual se diziam coisas). O menino empertigou-se e declamou: "Dona Jandira adora um fodão."

Riram. Riram muito e o menino ficou sem saber por que riam e riam tanto. Passou o resto da festa emburrado, desconfiava que cometera alguma coisa abominável. Somente no dia seguinte, com o caderno aberto, a tinta vermelha que o pai gostava que ele usasse, escreveu diversas vezes a palavra "fogão", "fogão", encheu a página com aquela palavra.

Mostrou o caderno aos outros meninos, ninguém riu. Mas ninguém compreendeu. Então o menino descobriu que ali estava um caminho, um destino. Deveria escrever tudo o que pensasse, seria finalmente igual aos outros. Nem se tratava de ser aceito — ele já não dava importância a isso, adquirira o vício da solidão e gostava de ser só.

E quando quisesse, poderia escrever o que sentia e até o que não sentia — escrever era coisa fabulosa. Melhor do que falar, porque quando se escreve é como se a gente falasse diversas vezes, primeiro consigo próprio, depois com os outros. Se houvesse outros.

Bem, a história é comprida, o defeito da fala foi parcialmente corrigido, o menino cresceu e se transformou naquilo que sou eu. Aprendi alguns truques, evito certas palavras, descobri que falando depressa ninguém reparava. Na impossibilidade de ir em frente, procurei não ficar atrás.

Até que, perto dos trinta anos, mexendo nuns guardados, encontrei um caderno forrado de verde-musgo, presente de alguém que não lembrava. Parecia apropriado para um diário, desses que ainda são vendidos em papelarias. Por coincidência, eu tinha uma caneta Parker, que era verde, e estava abastecida com tinta verde. Não tenho certeza, mas desconfio que verde sempre foi minha cor preferida.

Achei que devia fazer alguma coisa com aquilo tudo, caderno, caneta e tinta. Quase ia escrevendo a palavra "fogão" na página de rosto — e por pouco minha carreira literária teria tido um início mais cabalístico do que o desejado. Resolvi nada escrever naquela página. Mas enchi as seguintes, sempre com a tinta verde, e contei uma história que começava numa infância que não era exatamente a minha, mas descrevia um mundo tal como o sentia e ainda sinto.

O caderno foi datilografado numa R.C. Allen, marca não muito conhecida no mercado. Depois comprei uma Remington, mais tarde uma Olivetti portátil, finalmente um computador, um *notebook*, outro *notebook* — essas máquinas diabólicas são superadas anualmente e me exigem estar atualizado. Detalhe: quando inauguro a máquina ou o computador, a primeira palavra que sempre escrevo é "fogão". Funciona como meu código de acesso, meu referencial, a garantia de que posso participar da brincadeira e dizer simplesmente que dona Jandira adora um fogão.

Vencido o desafio da fala, enfrentei (e enfrento até hoje) desafio pior e mais devastador. Escrever foi a tábua na qual me agarrei para não ser considerado um idiota. Mas o ato e a prática de escrever poderiam me dar a mesma condição, com vergonhosas agravantes. Escrever é verbo transitivo — segundo aprendi na escola. Pede objeto direto. Escrever o quê?

Não podia continuar enchendo páginas e páginas com uma única palavra. (Olhando em retrospectiva, acho que fiz o primeiro poema concreto da história humana.) Ao chegar à última página do tal livro verde — e antes de passá-lo a máquina — senti necessidade de continuar escrevendo. Não tinha qualquer noção de técnica literária, nem sabia que isso podia existir. Escrevia como falava, ou melhor, como desejava falar, se pudesse.

Daí a minha surpresa quando o Paulo Francis, numa daquelas vinhetas com que terminava seu Diário da Corte, já tendo resenhado dias antes um dos meus últimos romances, soltou aleatoriamente esse comentário: "Cony escreve como fala, dá a impressão de que está conversando só com a gente." O comentário do Paulo, na hora, me pareceu elogioso. Depois reparei que era restritivo. Afinal, era isso o que pretendia desde o dia em que, no meio de outros meninos, quis dizer uma coisa e acabei dizendo outra. Não tive culpa de não ser entendido. Tampouco é importante ou necessário que os outros me entendam.

O verbo "escrever" pode ser transitivo, pede um objeto da ação. Mas para mim, depois do amargurado corpo a corpo com as palavras, tudo me parece lucro. Tive inveja da chuva quando aprendi, na velha *Gramática expositiva*, de Eduardo Carlos Pereira (obrigatória no meu tempo escolar), que o verbo chover, além de não ser transitivo, é impessoal. Evidente que chover só pode ser chuva. E não se diz eu chovo, tu choves. Só existe o "chove", uma ação completa em si mesma. Gostaria de ser impessoal e intransitivo. Simples como a chuva que chove. Para isso, precisaria ser uma terceira pessoa e acredito que é em busca dela que escrevo. Terceira pessoa que ainda não encontrei. Mas insisto em continuar procurando.

A MOÇA E A ESTRELA

Recém-chegado à internet, só se utilizando dela para assuntos profissionais, foi com susto que abriu o correio eletrônico e deu de cara com a foto de uma jovem loura, bonita, safra paulista.

Em pânico, procurou o amigo mais próximo para saber o que devia fazer. Esse amigo mais próximo, por azar, fui eu mesmo. Pouca valia podia oferecer, em matéria de computador sou iniciante e — ao mesmo tempo — eterno repetente. Nunca saio do lugar e toda hora precisam me ensinar tudo, desde o começo.

Mesmo assim, dei uma olhada na telinha dele e vi a moça. Não entendi. Ela devia saber que o meu amigo é casado, mais do que isso, é bígamo confesso e proclamado. Além do mais, tem idade para ser pai ou tio-avô de todas as donzelas que andam pela faixa dos 25 anos.

"Talvez não seja isso", explicou-me o amigo. "Deve ser uma jovem que não tem com quem conversar na cidade em que vive. Escolheu-me para cristo, para desabafar. Ela acha que tenho papo para tudo, deve ser isso."

Pergunto se ele respondeu aos e-mails da moça. Não, não tinha tempo nem sabia exatamente o que ela queria dele. Para demonstrar isso, abriu um dos últimos e-mails dela, em que havia apenas duas palavras em italiano, *tramontate stelle.*

Ele indagou: "O que é isso?" Expliquei o que sabia: pequeno trecho de uma ária de Puccini, "Nessun dorma". Mil gravações no mercado, era só escolher. "O que significa?", quis saber o amigo. Disse que era meio intraduzível, o sentido geral era quando as estrelas se apagam, ou quando raia um novo dia.

Ficou sério. Creio que juntou as duas coisas, a foto da moça e o *tramonto* das estrelas. Desligou a telinha e acendeu um cigarro. Tive a certeza de que, tão logo se livrou de mim, mergulhou fundo na internet. E navegou alucinado em busca da estrela, antes que ela se apagasse.

Pavana para uma noite de chuva

Dez anos em vida quase comum, era irmã mais jovem de sua primeira mulher, e houve aquela noite, noite de chuva, o cinema juntos, ela viu no jornal: "Impróprio até 16 anos." Lisa tinha 15 — ou estava perto disso — e decidiu, vamos no cinema? Era mais uma pergunta do que um convite: nunca o convidara para nada.

Ela sabia que somente ele poderia levá-la. Tirou o carro da garagem e não sentiu emoção alguma quando a viu descer — e já não era uma guria de 15 anos que descia, era uma mulher envolta em perfume e chuva. Para azar dele, Lisa fizera o rabo de cavalo que deixava nua a nuca mais que branca.

Abriu a porta do carro, ela teve que chegar-se bem para perto, para evitar a chuva e o vento.

— Você está com má vontade?

— Não, é um prazer levá-la ao cinema.

— Mas você gosta mesmo do filme?

Mentiu.

— Gosto. Não sou fanático por Hitchcock mas esse até que passa.

— Se está arrependido, vamos a outro cinema. Ou voltamos.

Ele continuou, firmando a vista para vencer o amarelo das luzes desmanchando-se no asfalto molhado, fazendo poças de sombra, até que a fachada avermelhada do Roxy surgiu e um Cadillac que saía deu-lhe a vaga:

— Você nunca me convidou para um cinema. Precisou que eu convidasse.

Embaraçou-se propositadamente na hora de fechar o carro, só para não ter que dar resposta. E de cabeça baixa, como se cumprisse uma função penosa, foi ao guichê, ia pedir uma entrada inteira e uma meia, acabou pedindo duas inteiras, em voz baixa para que ela não ouvisse.

Hesitou na hora de passar pelo porteiro. "Dou-lhe o braço ou não?" Na hora, a solução foi rápida e simples. Segurou-a pela cintura:

— Vamos, Lisa.

Era alguma coisa mais alta do que ele. Ainda por cima, o rabo de cavalo aumentara seu pescoço, e o sapato de salto alto fazia suas pernas mais longas e jovens. O porteiro olhou exatamente para as pernas dela, nem ousou perguntar pela idade daquela loura de rabo de cavalo, a nuca branca, as pernas longas e jovens.

O cinema quase vazio. O filme já havia começado, James Stewart olhava pela luneta um homem que ia matar a mulher no apartamento em frente.

Fingiu interesse pelo filme mas a atenção agora estava para o braço quase colado ao braço de Lisa. E num movimento qualquer, a pulseira (dela), cheia de uma porção de penduricalhos, ficou presa no relógio de pulso (dele). Lisa tirou a pulseira.

— Guarde essa droga para mim.

A frase foi soprada em seu rosto e ele sentiu um gosto de chiclete e de adolescência em sua carne. Além disso, gostava quando ela se referia a tudo como "droga". O colégio era uma droga, o rapaz que tentava namorá-la era uma droga, droga era a vida e o mundo quando ela queria uma coisa e a negavam.

O filme continuava, o cenário era um prédio que havia em frente da janela de James Stewart, onde morava uma porção de gente, inclusive um compositor que ao piano ia fazendo, aos pedaços, a canção do filme, canção cujo nome — fatalidade atroz que a mente esmaga — era Lisa.

Na sequência final, Hitchcock colaborou (pela primeira vez, ele o admirou sem restrições) e ela procurou a mão dele na hora em que o assassino ia estrangular o fotógrafo indiscreto. Ele então apertou com força e solidariedade aquela mão impossível, transmitiu-lhe calor e confiança.

E tudo acabou bem, menos para ele. O assassino foi preso, o compositor conseguiu juntar os pedaços esparsos de sua canção. E ela — já sem motivo nenhum — esqueceu sua mão ali mesmo — e foi bom afagar aquela mão destinada a outros carinhos e posses.

A canção-tema aumentou, e o letreiro final ainda estava sendo projetado quando as luzes se acenderam, e havia alívio nos rostos e um pouco de vermelho nos olhos fatigados, e barulho das cortinas que se abriam nas portas de saída.

Lá fora, a noite úmida tinha um hálito de boca de mulher beijada. E a chuva que parou de repente trouxe um frio que ele sentiu nos cabelos e na pele aquecida pelo desejo.

Mas dentro do carro estava quente e ela chegou-se mais, até ficar juntinha.

— Gostou?

— Gostei. Gostei mais da canção. Tem o seu nome.

Ela cantou baixinho o tema e ele, sem ter mais nada o que fazer, ligou o motor e arrancou. A cabeça loura caiu para o lado e ficou encostada em seu ombro. Ele se imobilizou, dirigiu pelas ruas como um sonâmbulo. Nem respirava direito, para evitar que a sugasse, e ela entrasse dentro dele e nunca mais saísse.

Semana passada, tantos anos passados, sozinho e exausto de tudo, foi rever o mesmo filme. A mesma chuva e o mesmo frio nos cabelos e dentro dele. E ia escuro e triste no carro, tentando cantarolar a canção, quando descobriu — sem espanto e sem cólera — que devia tê-la beijado naquela noite. E se a tivesse beijado, a sua amargura talvez fosse menor agora, e agora fosse tudo mais triste.

O HARÉM DAS BANANEIRAS

Outro dia, num programa dedicado a Luís Carlos Prestes, ouvi o depoimento assombroso do Fernando de Moraes. Disse ele, com sua autoridade de pesquisador, que o líder dos comunistas brasileiros só transara com mulher aos 37 anos. Pelo relato do Fernando, ele não perguntara sobre a vida sexual de Prestes. Falando sobre a viagem marítima que fizera com Olga, num camarote de primeira classe, Prestes admitiu que dormira pela primeira vez com uma mulher. Fernando insistiu, achando que o entrevistado se referia ao fato de ter transado com Olga pela primeira vez nessa viagem de navio. Chegou a atirar na cara do Cavaleiro da Esperança o seu espanto: "Mas o senhor tinha na época 37 anos, nunca transara antes?" Prestes respondeu, com firmeza: "Olga foi minha primeira mulher!"

E não se tratava de homem apático diante da vida. Tanto que, em seu segundo casamento, teve muitos filhos. Mas o exemplo de Prestes revela o quanto pode ser complicada esta primeira vez em que um homem se vê diante da mulher e vai conhecê-la naquele sentido que, academicamente, se chama de "bíblico".

Wilson Cunha e Heloneida Studart lançaram, há tempos, um livro sobre a "primeira vez", inspirados num best-seller americano que tinha o mesmo título e o mesmo intuito: uma série de depoimentos de pessoas famosas sobre a transa original. O feminismo de hoje faz muita marola sobre o assunto, achando que somente para as mulheres essa primeira vez é importante, geradora de traumas etc.

Tudo é possível — dizia Machado de Assis. Conheci uma cidadã, de nível superior, alta classe média, que temia atravessar o rubicão sexual por um simples motivo: pensava que o membro masculino fosse verde e gelatinoso, como certas cobras. Ficou pasma quando teve a primeira experiência. Gostou. Mas nunca sentiu o prazer que imaginara sentir.

Stendhal foi homem de muitas paixões, meio platônicas, era um mitômano que inventou a própria vida, inventou até um epitáfio falso para ele, declarando-se milanês e italianizando seu nome (Henri) para Arrigo. Seus biógrafos narram casos, alguns amores, mas nenhum deles é explícito naquilo que poderíamos chamar de "finalmente".

Gosto muito de um belíssimo livro sobre ele, *Monsieur Moi-Même*, e, honestamente, acho que Stendhal foi um donzelão. Ao contrário de Goethe, este sim, começou cedo e acabou tarde, tardíssimo, aliás. Nero também começou cedo, mas nem todo mundo tem a mãe que ele teve, que não deixou para outra mulher a primeira vez do filho.

No Brasil, temos poucos relatos dignos de crédito — e digo isso porque os depoimentos, que volta e meia aparecem nas revistas e nos jornais, são macetados, feitos para combinar com a imagem que cada um criou para si. Até bem pouco tempo, toda a iniciação masculina se consumia nos bordéis, que alguns chamavam de "rendez-vous", outros de "casas de tolerância", mas hoje todo mundo chama de puteiros.

No interior, a primeira vez costumava ser com animais, vacas, éguas e cabras principalmente. Na Sicília e na Grécia, as ovelhas eram as preferidas pelos rapazes. Em certa região da Calábria, as galinhas também serviam para o gasto.

Pulo da Sicília, da Grécia e da Calábria para o Lins de Vasconcelos, bairro que se mistura com Vila Isabel, com o Engenho Novo e o Méier — ou seja, a zona do agrião onde, segundo os entendidos, nascem, vivem e morrem os verdadeiros cariocas.

Meninos urbanos evitavam relações com animais, mesmo porque era difícil encontrar uma vaca, uma égua ou cabra dando sopa por lá. Em compensação, havia muitas bananeiras. Rara a casa que não tinha quintal e raríssimo o quintal que não tinha bananeiras.

O negócio vinha de geração em geração: fazia-se um buraco no caule da bananeira. Um caule macio, úmido, viscoso. Cada um tinha sua própria bananeira, com o buraco na altura e medida apropriadas.

E as tardes do Lins de Vasconcelos, com aquela aragem perfumada que vinha da Boca do Mato, eram uma delícia. Havia sempre um rádio nas vizinhanças tocando "Flor do asfalto" ou o "Carinhoso", vem, vem, vem sentir o calor dos lábios meus. Agarrados nas bananeiras, gemendo, os guris se emulavam para ser o campeão, aquele que conseguia mais vezes o prazer.

Volta e meia, com o entusiasmo dos mais empolgados, uma bananeira não resistia aos ataques e tombava, como uma donzela estuprada no meio do mato cúmplice.

Eu era muito garoto para me dedicar àquele passatempo. Mas tinha um primo, Jerônimo, que era o recordista de uma região que incluía as bananeiras da rua Barão de Bom Retiro, da Dona Romana, da Cabuçu e da própria Lins de Vasconcelos, que era a *main street* local.

O primo possuía um canivete de duas lâminas que infundia terror e lhe garantia o poder sobre as bananeiras. Uma tarde, passou por mim o filho de um vizinho, um fraco abusado que invadira o harém e se metera a besta com uma das bananeiras do Jerônimo. Estava coberto de sangue.

Romance da moça

Pensei que fosse coincidência. Sempre que descia à garagem, ela estava por ali, aparentemente à espera de alguém. Com o tempo, passei a cumprimentá-la.

Num dia de chuva, ofereci carona. Ela recusou. Um amigo viria buscá-la. Em sinal de gratidão, avisou-me que um dos pneus do meu carro estava baixo. Aí fui eu que agradeci.

Não sei se na mesma semana, ou na seguinte, ela entrou na minha sala. Anunciou-se à secretária de forma estranha: "É a moça da garagem." Sim, era ela, com uma pequena pasta à mostra.

Resumindo: fizera um romance. Não conhecia ninguém na área editorial ou literária. Perguntou se podia deixar os originais, não tinha pressa, queria uma opinião.

Com pequenas variantes, isso já aconteceu outras vezes e acontece com todos nós, que de alguma forma fazemos parte da tribo que se dedica a esse tipo de ofício.

Ofereci-lhe um café e abri o original. Não havia indicação de autor ou autora. O título era uma charada "S.O.S.". Havia uma epígrafe de são João da Cruz, falando da escura noite da alma, e uma estrofe de Bandeira: “Mas para quê/ tanto sofrimento/ se lá fora há o lento/ deslizar da noite.”

Elogiei as epígrafes e abri a primeira página. Começava assim: “Salve a minha alma!” Levei um susto. Como início de romance, era péssimo. Mesmo assim, senti alguma coisa de íntimo naquele grito ou naquele desespero. Fora esse o início de um romance que não cheguei a terminar.

Ia perguntar onde ela encontrara aquele original tão perdido que nunca mais me lembrara dele. Não foi preciso. Ela se identificou: “Sou filha de Martha. Você deixou este original com ela. Antes de morrer, pediu-me que o entregasse.”

Naquele dia, a moça aceitou a carona.

Trem com moça e jovem de batina

De todas as comparações sobre o amor, feitas ao longo de oito mil anos, a mais próxima da essência do sentimento que, segundo Dante, "move o Sol e as outras estrelas", é a de dois trens parados na mesma estação, mas com destinos diferentes.

Eu era muito criança, nem sabia o que podia ser o amor, li uma pequenina novela de Turgueniev que caíra da estante de livros de meu pai. A capa era atraente: o rosto de uma jovem na janela de um trem. Naquela época, eu era louco por trens, queria ser maquinista da Central do Brasil. Fiquei olhando aquela capa, não por causa da moça, mas por causa do trem.

Até que li a novela. Para a minha idade, não era grande coisa. Contudo, uma cena ficou marcada dentro de mim, foi talvez a única que entendi realmente — e ela atravessou comigo esses anos todos, nunca a esqueci. Pior: muitas vezes a revivi em causa própria. É talvez a situação mais recorrente de uma vida que pode merecer tudo, menos a classificação de novela.

Turgueniev conta a história de dois jovens que se enamoram. Um deles é casado. Por isso ou aquilo se separam, nunca mais se veem. Passa o tempo e, um dia, o jovem está num trem que para numa estação. Na plataforma ao lado, há outro trem parado. Após alguns minutos, os dois trens começam a andar, lentamente, em sentido contrário.

De repente, o jovem vê, na janela do outro trem, a jovem que amou e que também olha para ele. São breves, fugazes, os poucos segundos em que se olham, sem surpresa, sem dor. Ele não sabe para onde vai o trem dela. A recíproca é verdadeira: ela também não sabe para onde o jovem vai. Somente uma coisa é certa: eles se olharam e se compreenderam. Eles se amaram e se amarão sempre. Não importa o destino de cada um. O amor se realiza naquela troca de olhares, que poderá ser a última, nem por isso deixa de ser a mais amargamente doce.

Tudo que poderia ter sido e não é — eis também uma definição do amor. Ele se realiza de maneira integral nesses instantes fugidios em que as palavras não têm tempo de serem ditas nem precisam. E que tudo se resume numa conspiração de dois seres que se olham e subitamente se entregam um ao outro de forma imaterial e breve — mas para sempre.

Como disse, eu era criança quando li a novela de Turgueniev, que se chama *Ássia* — nome da principal personagem. Eu não amara ninguém, até então. Afinal, estava indo para um seminário, já superara a ideia de ser maquinista da Central e queria ser sacerdote de Deus.

Viver aquela situação seria impossível. Em matéria de amor, eu não teria futuro nem passado — como os dois jovens da novela de Turgueniev, que ao menos tiveram um passado.

Contudo, ali pela altura dos 18 anos, fui passar férias em Rodeio, uma cidadezinha à beira da estrada de ferro. Todas as manhãs ia à missa no alto de um pequeno morro, tomava café com o vigário. Ele me pedia que descesse à estação para apanhar os jornais que vinham do Rio.

Naquela manhã, havia um trem parado, esperando que o sinal de acesso ao túnel 12 fosse aberto. Apanhei os jornais e caminhei pela plataforma vazia. Chamava a atenção dos passageiros, que olhavam aquele rapaz de 18 anos, vestido de batina, a faixa de seda azul na cintura, o passo firme e satisfeito de quem sabia o que desejava na vida.

Súbito, numa janela do trem, lá estava a moça que me olhava. Devia ter a minha idade, ou menos. Uma tabuleta do lado de fora do vagão indicava que ela estava indo para Juiz de Fora.

Até hoje, tenho a certeza de que ela olhara antes. Talvez nunca tivesse visto um jovem, da idade dela, de batina. Ainda mais de repente, na plataforma de uma estação perdida na serra do Mar. Quando senti que ela me olhava, parei de caminhar e enfrentei o seu olhar. De início, parecia apenas espantada ao ver surgir um rapaz, jovem como ela, isolado do mundo pela batina, pela faixa de seda azul que era um estigma da castidade em que vivia.

Quando notou que eu também a olhava, teve pena de mim. Pelo menos foi isso que percebi. Olhei-a mais fundamente e ela compreendeu. Foi uma eternidade estraçalhada em segundos: o trem começou a andar e ela foi se afastando. Afastou-se tanto que nunca mais voltou.

Eu voltei. Segui destino diferente, levei os jornais para o vigário, fiquei ainda dois anos com aquela batina, aquela faixa de seda azul, símbolo de uma castidade que eu não mais amava.

Tomei muitos, infinitos trens pela vida afora, trens, aviões, navios. Volta e meia, continuo vendo por aí um rosto que se detém na minha retina, trazendo-me aquela cena, metade vivida na novela de Turgueniev, metade vivida na plataforma vazia de uma estação, por um jovem que não se julgava com direito ao futuro e à memória.

A AMANTE DESCORADA DOS MORTOS

Amigo meu, com setenta e tantos anos, comprou um computador. A neta ensinou-lhe os rudimentos da informática, insistiu para que ele entrasse na Internet. Era desses sujeitos rabugentos, que não dão bom-dia para os vizinhos, amarram a cara quando encontram conhecidos que desejam evitar.

Até os cinquenta anos ainda topava uma investida no mulherio disponível e mesmo no indisponível. Aposentou-se no ofício de galinha, mantendo um ou dois casos antigos. Mas sem entusiasmo, apenas para não enferrujar.

Entrando na internet, a princípio ficou com raiva dele mesmo. Podia falar com o presidente dos Estados Unidos, com o papa, com o dalai-lama — e ele não tinha nada a falar com essa gente. Uma noite, inadvertidamente, mexeu num botão e ficou pasmo: apareceu na tela uma mensagem inacreditável: "Estou aqui. Toma-me."

Bem, devia ser uma circular, alguém — homem ou mulher — enviara aquilo para o universo virtual, deveria estar recebendo milhões de respostas. Esqueceu.

Dias depois, entrou na internet para ler um artigo no *Le Monde*, de repente apareceu na tela: "É com você mesmo. Estou aqui. Toma-me."

Ele ficou sem saber mexer naquele troço, seria embaraçoso pedir ajuda à neta. No dia seguinte, chamou um técnico que lhe ensinou como responder o que desejasse, indicou-lhe as teclas certas, o processamento, os provedores, os endereços eletrônicos, todos os macetes.

Esperou a noite. Sozinho, como se desse uma fugida ao quarto da empregada para praticar uma libidinagem noturna, ligou o computador. Teve ainda uma dúvida: "E se for um homem que se sinta sozinho e esteja se oferecendo a Deus e ao Diabo?" Quase desanimou, mas a tela já estava iluminada e a mensagem ganhara um acréscimo. "É com você mesmo. Estou aqui. Toma-me. Vem."

Ele foi. Fez questão de ser honesto. Declarou-se setentão, casado, com netos, nem pobre nem rico, feio, mal-humorado. Em que podia ser útil? A resposta veio na mesma noite, em forma de um enigma: "A Lua — amante descorada dos mortos."

Ele se assustou. Passara a vida inteira imaginando que somente ele conhecia aqueles versos do primeiro ato do *Turandot*. Bem, cantores líricos, gente amarrada em ópera podia conhecer o repertório, mas não exatamente aquele verso solto num libreto enorme e complicado.

Como resposta, ele complementou a citação recebida com outros versos do mesmo coro, chamando a Lua de taciturna, de esquálida. Sentiu-se ridículo e mais ridículo se sentiu quando, como resposta, surgiu na tela apenas isso: "Eu te amo!"

E agora? Quem estaria do outro lado do universo virtual? Zombava dele? Perdeu a vergonha e pediu detalhes. Universitária em São Paulo, 28 anos, amarrada em ópera e em Machado de Assis. No final da mensagem, uma bofetada: "Machado morreu com 69 anos. Você já passou dos 70. Não se manca? Vem!"

Ele foi. Achou aquilo tudo irreal. A moça era loura, macia, tinha fases como a Lua — amante descorada dos mortos.

Alegria em Praga

Hoje me deu vontade de lembrar uma distante amiga do passado, que conheci em Havana, ali pelo final dos anos 60. Era poetisa — ainda não estava em moda chamar de poetas as mulheres que cometiam versos.

Chamava-se Alegria, assim mesmo, Alegria. Que era bonita, era, até mais do que devia. Como resistente ideológica contra a guerra do Vietnã, o imperialismo e outras calamidades da época, destoava das demais, que eram geralmente feias, esquálidas, frequentes vezes horripilantes.

Perdi os versos que me deu mas lembro que não eram bons, embora não fossem maus. Não combinavam com suas esplêndidas pernas — pernas que alucinaram ensaístas chilenos, romancistas peruanos, teatrólogos hondurenhos e pelo menos um pobre e desorientado jornalista brasileiro, que era eu próprio.

Após alguns meses de ilha pedi meu boné para ir embora. Deram-me uma passagem para Praga e uma companheira de enfado: justo a tal Alegria. Evidente que a recebi com alegria igual e maior. De Praga iríamos a Paris e tudo poderia acontecer.

Esqueci de dizer que Alegria era burra, aliás, como toda e qualquer alegria. Burra de doer no fundo dos ossos. Durante a viagem, pegamos um temporal, a chuva batia com força na janela do combalido *Britania,* que era o único aparelho de longo alcance a serviço dos cubanos daquele tempo.

Alegria mostrou-me a água escorrendo pela vidraça e me comunicou, com entusiasmo: "Olha como o avião voa baixinho, está pegando as ondas do mar!"

Normalmente, eu devia esquecer de suas esplêndidas pernas e de seus péssimos versos. Mas aprendi com meu pai que se deve fugir dos gatos que fazem "him" e das mulheres que sabem latim.

Nunca vi um gato que em vez de "miau" faça "him". Mas conheci algumas mulheres que teimam em saber latim. Dessas realmente eu fujo. Para sorte minha, não era o caso. Nem precisamos ir a Paris. Resolvemos o problema em Praga mesmo. Era inverno mas a primavera estava próxima.

Grande cena em pequeno espaço

Não me lembro como nem quando a conheci. Talvez na redação de um jornal, talvez numa faculdade. Estranhava a timidez dela, seu silêncio, a maneira de estar só no meio de tanta gente. Nem sabia o seu nome, nem a cor de seus olhos.

Demos as necessárias voltas por aí e esbarro com ela na fileira de poltronas de um Boeing 707, em viagem para Roma. Estou numa ponta, ela em outra. Entre nós, há três poltronas vazias. Houve os cumprimentos, que não passaram do como vai.

Após a decolagem, servido o jantar, disputa-se aquele espaço com avidez e cara de pau. Ganha quem primeiro se estira, levantando os braços das poltronas não ocupadas. Foi o que fiz. Evidente que houve constrangimento em colocar os pés quase junto às coxas dela. Percebendo isso, a moça pediu que eu ficasse à vontade, ela não se incomodaria.

O diabo foi quando apagaram as luzes da cabine. Pouco a pouco, embora sem querer, meus pés foram se entranhando do calor que vinha do corpo dela. Apesar do esforço em buscar o sono, não podia esquecer aquele contato macio no qual me concentrava. Seria abominável — e ridículo — que eu a apalpasse com os pés.

Machado de Assis dizia que tudo é possível. Tão possível que, noite alta, o corpo dela pendeu, procurando mais espaço para descansar. Encolhi as pernas e ela tombou. Custamos a encontrar uma posição comum e cômoda — esses aviões são de lascar. O fato é que conseguimos um arremedo de acordo.

O ar-refrigerado esfriava a cabine e trocamos o calor comum. Goethe dizia que um estreito espaço basta. Pela manhã, quando as aeromoças começaram a abrir as janelinhas e a luz do sol entrou, o piloto avisou que sobrevoávamos o deserto da Mauritânia.

Fui para a minha poltrona, ela para a sua. Arrumava a blusa dentro da saia. Foi ao lavatório, voltou maquiada, muito jovem, nem olhou para o meu lado. Machado de Assis tinha razão. Tudo é possível.

AMANTES

Ninguém mais sabia o nome dele. Uns diziam que era Anthero com th, outros juravam que era Antero, sem th. Não importava, porque para todos os efeitos era o Bagaru, com g mesmo — e no dia em que o nome dele apareceu num sorteio sem o g, ele não aceitou o prêmio que lhe coube, um violão de sete cordas que só tinha seis.

Não foi por esse evento de sua biografia que se tornou notável. Conheci Bagaru já entrado em anos, com 67 carnavais e outras tantas quaresmas. Morava com uma ex-miss de um clube suburbano, que tinha a idade dele. Viviam bem, mas Bagaru vivia melhor porque, além da ex-miss, tinha amantes em diversos pontos da cidade e de diversas faixas etárias.

A saber: a amante que vinha de tempos remotos, e com a qual tinha um filho que puxava de uma perna mas era inteligente e fazia o segundo grau numa escola de Bonsucesso. Essa amante tinha quarenta anos e Bagaru gostava de exibi-la: era cobiçadíssima ao longo dos trilhos da Central do Brasil e recebia uma pensão do pai, que fora pracinha na Itália e chegara a major.

A outra amante era uma mocinha modesta, de 28 anos, que se apaixonara por um traficante, engravidara, o traficante morreu num tiroteio no morro da Formiga, ela teve o filho e Bagaru assumiu a paternidade. Constava que era a preferida dele.

Finalmente, a quarta amante era uma guria de 17 anos, que Bagaru seduzira num dia de porre dos dois, ele e ela. Um dos mistérios do mundo foi a administração dessas quatro mulheres que viviam bem entre si e com o amante comum.

Até que um dia, Bagaru fez as contas. Somou a idade das quatro, 67, 40, 28 e 17, deu 152. Dividiu por quatro e obteve a idade média de suas mulheres: 38 anos e quebrados.

Entrou em cava depressão. Sentiu-se velho, no fim da linha e do sexo. Mandou as quatro amantes para o diabo e arranjou uma única, de 22 anos, idade que ele considerava ideal para uma mulher que o ajudasse no ofício de viver e amar até o fim.

Fósforo queimado

A moça perguntou se ele queria só brincar. Ele não entendeu. Brincar como? Jogar batalha-naval, pular amarelinha, fazer cabaninha no quintal? Estava velho para isso. Além do mais, vencida a gloriosa etapa da aproximação, ela estava em seus braços.

No tempo dele, brincar era uma coisa. Ter uma mulher enrolada em seu corpo, outra. Fez esforço para se adaptar à nova ordem, a moça era de uma geração distante, de um vocabulário longínquo. Brincar, para ela, podia ser uma porção de coisas, inclusive ir para a cama com um homem.

Daí a pergunta. Ela queria botar tudo em pratos limpos, embora os pratos continuassem sujos, com os restos de um estrogonofe que era a peça de resistência da hotelaria dedicada àquele tipo de brincadeira.

Ainda que ele vivesse duzentos anos a mais (não precisava de tanto, já chegara a uma idade suficiente para ter juízo), não saberia a diferença entre brincar com a moça e amá-la. Afinal, o amor é um fósforo que se acende, brilha, pode botar fogo na casa, na cidade, no mundo, mas geralmente acende um cigarro e logo se apaga, tornando-se um fósforo queimado.

Teve vontade de explicar a teoria do fósforo queimado que acabara de bolar naquele momento, mas sentiu preguiça. O mais fácil, o mais urgente era dizer que não, o negócio era seriíssimo, "não vê como estou? Já não aguento mais!".

Como se adivinhasse o pensamento dele, a moça declarou que não queria se queimar, ser jogada fora mais tarde, como um fósforo queimado.

Muita coincidência. Ele poderia ter tentado uma brilhante carreira de telepata, exibindo-se num circo, num seminário de paranormalidade, num programa dominical da televisão. Transmitiria pensamentos saudáveis aos necessitados, aos que têm sede e fome de justiça e amor.

Era tarde também para isso. No segundo encontro, ele levou um bloquinho de batalha-naval e um tabuleiro de damas, acrescentando os dois joguinhos a seu equipamento básico: "Seja o que Deus e ela quiserem!"

Veludo cotelê

Passou o domingo encafuado, sem vontade de nada. Tempo é dinheiro, mas se não se gasta o dinheiro, ele fica com a gente, pode-se aplicá-lo por aí e ele aumenta. Com o tempo é diferente. Gastando-o bem ou mal, ou mesmo não o gastando, ele só diminui, a cada minuto fica menos tempo.

Enfiou-se numa velha calça de veludo cotelê que descobriu no fundo do armário. Faz um pouco de frio neste maio e é por aí que mergulhou. O que teria acontecido num maio antigo que, de repente, o obrigou a vestir uma calça velha, a ficar enfurnado em casa, sem vontade de ir ver a Lagoa, as moças passando lá embaixo com seus *collants* fosforescentes, seus cabelos louros?

Nem mesmo vontade de olhar o Cristo lá em cima. Abrira os olhos para o mundo encarando aqueles braços abertos, a mãe garantia que eles o abençoavam.

Preguiça de tirar o carro da garagem e ir ver o mar. Ficou pelos cantos, endireitando os quadros nas paredes que já estavam direitos, achando no chão um clipe cor de laranja que caíra de algum documento. Só então desconfiou que, num maio igual, com um sol igual lá fora, ele recebera de presente a calça de veludo cotelê, a mesma que vestira insensivelmente pela manhã. Agora, a calça é brega, naquele tempo era moda, todo mundo usava.

Ela chegara de manhã com a sacola plastificada de uma loja badalada. Ele estranhou o presente. Não fazia anos, nada havia a ser comemorado. Ela explicou: "Sonhei que você usava uma calça dessas, vê se não reclama, já que não pode ser exatamente como eu quero, pelo menos fique igual ao sonho."

Ele poderia responder: "Sonho sempre com você fazendo certas coisas, ou deixando que eu faça, mas nunca lhe pedi nada disso."

Era maio então, e também fazia um pouco de frio. Combinaram ficar encafuados, sem meter a cara lá fora. Ela o obrigou a vestir a calça de veludo cotelê. A mesma calça que agora, guardada tantos anos, ainda tem o gosto e o cheiro daquela manhã.

Château d'Yquem, 75

Descobriu que ia fazer cinquenta anos e estava sozinho no mundo. Para compensar, vivia bem, podia gastar um pouco com ele mesmo.

Decidiu celebrar o meio século de vida em Paris, com tudo a que se julgava com direito. Hospedou-se no Crillon. Na primeira manhã daquele início de primavera foi pelas ruas. Dobrou a *rue* Royal, teve vontade de entrar na Madeleine mas preferiu descer os bulevares. Na esquina da Opéra encontrou a moça.

Ou melhor: a moça o encontrou. Nem se lembrava dela. Filha de um amigo que morrera em Argel. Ela não queria voltar para o Brasil, trabalhava e estudava, morava com uma amiga em Montparnasse, estava feliz.

E ele? Estaria feliz? A moça teve o azar de fazer a pergunta. Ele disse que sim, mas de forma tão triste que a moça entendeu. Para ser claro, ele acrescentou que estava fazendo cinquenta anos naquele dia. Como podia ser mais feliz? Ou mais infeliz?

A moça perguntou se estava sozinho. Respondeu que não: naquele momento estava com ela. A moça riu e se convidou para jantar, não tinha programa aquela noite, faria companhia ao amigo de seu pai, juntos celebrariam os cinquenta anos de um homem que se dizia feliz.

Ele então caprichou. Reservou mesa num cinco estrelas. Na hora do vinho, a moça declarou que gostava de Sauternes. Um vinho doce tem vez quando se comemora alguma coisa. Pediu um Château d'Yquem, 75 que estava na carta. Combinaria com o excelente patê da entrada. A cor de ouro do vinho era quase verde. A moça foi a primeira a provar, o brilho nos olhos dela foi instantâneo.

— Tenho 22 anos.

— Sim. E daí?

— Este vinho é mais velho do que eu. — Logo se corrigiu: — É mais antigo do que eu.

Ele riu, percebendo a delicadeza.

Corvo di Salaparuta

No princípio, julgava entender de vinhos. Alguns anos no exterior e aprendera o básico. Não tendo pela frente um entendido, ele até que fazia boa figura. Quando não sabia, inventava. Fazia sucesso proporcional à ignorância do parceiro, principalmente da parceira.

Até que fez aquela estranhíssima viagem pela Úmbria, a taberna em Perúgia onde a moça, que gostava mais de cerveja, apanhou por distração a carta de vinhos e começou a ler o nome da extensa produção vinícola italiana, nomes complicados, alguns complicadíssimos.

Ele estava disposto a pedir um *chianti* honesto, feito ali perto, na Toscana, velha rival da Úmbria, até hoje brigam para saber se Rafael deve pertencer à escola de Perúgia ou de Florença.

De repente, a moça deu uma gargalhada: "Olhe, tem aqui um vinho que se chama Corvo di Salaparuta. Este eu topo." Ele se lembrou de um filme de Billy Wilder em que os amantes encaram esse vinho ao som de uma canção dos anos 30: "Un'ora solo ti vorrei."

Comanda o vinho (na Itália, não se deve pedir, mas comandar — ninguém fica ofendido). Para honrar o vinho, ele manda descer um cardápio extenso e variado, um daqueles pratos deverá combinar com o vinho. E se não combinar, tudo bem, ela nem iria perceber.

Beberam em silêncio, com vontade de rir não do vinho, mas do nome do vinho. Ela gostou tanto que pediu mais uma garrafa. Haviam planejado dar um pulo em Gubbio, ver o belo *Palazzo dei Consoli*, de 1350.

Trôpega, os olhos brilhando como nunca brilharam antes, ela se levantou da mesa e declarou que o palácio dos cônsules podia esperar outros 1.350 anos. Quem não podia esperar era ela.

Felizmente, ele se prevenira com a solércia dos interessados: bebera pouco, só o suficiente, para entrar no clima. Grande vinho, grandíssimo vinho!

O PASTOR E A PRINCESA

Um jovem pastor, de cabelos louros e cacheados (façamos uma homenagem ao lugar-comum), andava pela floresta quando, de repente, ao atravessar uma clareira, viu enorme e formoso castelo.

E na torre mais alta, uma linda princesa de tranças também louras e olhar sonhador. Os dois se olharam e, a partir daquele dia, todas as tardes o pastor ia à clareira e ficava olhando a princesa que também olhava para ele.

Ele suspirava, sabendo que jamais poderia entrar no castelo e ver de perto a princesa. Eis que, um dia, encontrou uma velha na floresta carregando pesado feixe de lenha. O jovem pastor a ajudou e a velha logo se transformou numa fada e disse que realizaria qualquer pedido dele.

"Quero ser um príncipe para entrar naquele castelo!", pediu o pastor. A fada advertiu-o de que realizaria o seu desejo, mas que ele jamais poderia voltar a ser o que era. O jovem foi em frente. Seria um absurdo voltar a ser pastor.

Logo as fanfarras do castelo soaram para o príncipe que se aproximava. A corte recebeu o visitante com banquetes, desfiles, torneios e todas as homenagens. O rei gostou tanto do príncipe que lhe ofereceu a mão de sua filha.

Louco de alegria, o jovem aceitou e quis beijar a princesa. Ela recusou o beijo. Disse que não poderia casar com o príncipe porque estava apaixonada por um pastor louro de cabelos cacheados que todas as tardes costumava aparecer na clareira na floresta. A ele, dera seu coração e somente a ele amaria.

Não sei se inventei ou se li em algum canto essa história cheia de lugares-comuns. Não importa. Não sou jovem nem pastor, não tenho cabelos louros e cacheados. Mas todas as tardes continuo indo à floresta para ver se me acontece alguma coisa.

A casa mal-assombrada

Morava numa casa esquisita, no fim de uma rua que não levava a lugar nenhum. A casa tinha fama de ser mal-assombrada e a rua nem tinha nome. Diziam que ali houvera uma fazenda de café cujos escravos mataram todos os senhores da casa-grande e depois se mataram — antes que fossem mortos pelas forças da lei.

Lenda ou realidade, o fato é que nenhum menino se atrevia a passar por ali. Na infância mais profunda, todos os meus pesadelos tinham locação única e barata: era ali mesmo que os fantasmas da noite me esperavam para fazer das suas sem deixar que eu fizesse das minhas, que se resumiriam em fugir — fuga impossível nas garras do sonho.

Até que um dia, vindo de uma aula de catecismo, decidi cortar caminho e fui dar num atalho que não conhecia. Quis voltar, mas a curiosidade de conhecer o mundo me levou adiante. De repente, com pavor no peito e tremor nas pernas, estava diante da casa mal-assombrada.

Olhando bem, era uma casa igual às outras, tinha mangueiras ao lado e uma menina de franjinha na única janela aberta. Ela parecia admirada de ver alguém chegar ali.

Fiquei parado, um pouco pelo medo, um pouco pelo encantamento. Apesar da franjinha, a menina era tão bonita como os anjinhos que havia na Igreja de Nossa Senhora da Guia.

Perguntou se eu queria alguma coisa. Não, não queria nada embora querendo tudo — tal como hoje, tantos anos depois.

Quis saber o meu nome, onde eu morava, o que fazia ali. Respondi com honestidade, a mesma com a qual, mais tarde, responderia aos formulários do imposto de renda: a verdade possível.

Depois do interrogatório, veio o convite inesperado: "Quer ser meu namorado?" Disse que sim. Prometi voltar no dia seguinte, embora sabendo que nunca mais botaria os pés naquele chão assombrado.

Creio que foi ali, também, que dobrei a esquina errada na vida. Nunca mais me pediram a mesma coisa. Desconfio que devia ter voltado.

Pacto de morte

Ela o amparou, antes que caísse pela terceira vez no pequeno trajeto entre o hotel e a parruda basílica de São Marcos. Tinham combinado assistir a um concerto sob as douradas cúpulas da catedral. Ele estava cansado, a perna falhara e ia caindo pela terceira vez, como Cristo no caminho do Calvário.

Decidiram cancelar o concerto e voltar ao hotel. Ela o ajudou a tirar a roupa e a deitar-se no largo leito veneziano em que a duquesa de Windsor, Eleonora Duse, Elizabeth Taylor e Sophia Loren já haviam dormido — segundo a informação do gerente que os recebera, dois dias antes.

Na cama histórica, ele admitiu que ficara difícil viver. Daí para a frente, as coisas iriam piorar, a doença avançava, o jeito era se separarem, voltariam a Roma, lá se despediriam para sempre, ele viria para o Rio, ela poderia acabar o curso em Londres, fazer o mestrado, era moça, não tinha sentido ligar seu destino, amarrar seu corpo jovem a um condenado que iniciava a reta final, com o máximo de um ano, ano e meio de vida.

Foi então que ela veio com uma conversa complicada. Apesar de moça, mal entrada nos trinta anos, não tinha nada a fazer num mundo sem ele. Por que não cumprir a cerimônia anacrônica e ridícula do pacto de morte?

Ele riu, não, pareceria coisa do Nelson Rodrigues. Quando o Nelson não sabia ou não queria resolver um clímax dramático, fazia alguém matar alguém ou os dois morriam juntos.

Ele riu, sem zombar da ideia dela. Morrer por amor era belo — respondeu —, mas em teatro, em folhetim funcionava, não ali, na cama em que dormira a duquesa de Windsor, a amante de D'Annunzio, Lyz Taylor, Sophia Loren.

"Não precisa ser aqui", disse ela. Quebrara a ampola para aplicar nele a segunda dose de morfina. Quando a agulha da seringa espetou o braço dele, teve a certeza de que não o deixaria sofrer nunca mais.

O bilhete

Tudo pode acontecer com qualquer um. Mesmo assim, fiquei admirado: na minha idade e no meu ofício, certas coisas ficam cada dia mais improváveis. Se fosse um cantor de sucesso, um ator do horário nobre, um deus dos estádios ou dos estúdios, tudo bem. Mas na solidão em que vivo — e na qual me distraio — foi um susto e um remorso.

Deu-se que enfrentei uma plateia de alunos numa faculdade aqui do Rio. Falei o que geralmente se fala nessas ocasiões. Respondi a perguntas que são feitas a outros escritores na mesma situação. Como sempre acontece, devo ter agradado a uns e desagradado a outros.

No final, trouxeram-me livros para que eu os autografasse. Como não eram muitos nem poucos, foi feita uma roda em torno da mesa, recebi uma placa dos alunos, agradecendo a palestra — a mesma que costuma ser dada a outros palestrantes. Tudo rotina.

Quando fui tirar a chave do carro, encontrei um bilhete que me fora jogado no bolso. Alguém me pedia que eu nada mais escrevesse. Já lhe fizera muito mal. Por isso ou aquilo, "por uma tristeza da qual você não tem culpa", o bilhete me implorava silêncio e distância.

Letra de mulher — cheiro de mulher em tudo aquilo. Pedia-me distância — não há de quê, ninguém me precisa pedir distância, dificilmente procuro outras pessoas, vivo no meu canto, só não fico embaixo da mesa — como ficava quando era menino — porque podem pensar coisas abomináveis a meu respeito.

Quanto ao silêncio, fica difícil atender ao pedido. Até que gostaria de viver em silêncio, na mocidade monástica pensei em fazer voto de silêncio, há uma ordem religiosa que adota essa prática. Conheci um frade na Itália que não falava há 35 anos.

Vou pensar na ideia. Ela me seduziu quando era jovem. Hoje, com mais razão, me seduz ainda. Ganharemos os dois, a autora do bilhete e eu próprio.

Velhos papéis

Deveria comentar o fato do dia, que é do interesse de todos. Mas a CPI dos Bancos pode esperar. Falo hoje sobre um assunto que só a mim interessa. Nunca dei noite (ou tarde) de autógrafos. Quando faço palestras ou participo de debates, sempre há mal-informados que se aproximam com um livro meu. Seria selvageria recusar.

Outro dia, participei de um debate com Arnaldo Niskier e Eduardo Portella na Bienal do Livro. A moça veio com uma edição antiga de um dos meus primeiros romances. Estava em pedaços. Achei estranho aquele exemplar nas mãos de uma jovem. Perguntei onde havia arranjado aquilo, ela disse que só compra livros em sebo, não por economia, mas porque gosta de livros em decomposição.

Para provar, mostrou-me um exemplar do mesmo romance em edição recente. Mas exigia o autógrafo no livro antigo. Enquanto colocava o habitual "com o abraço do", ela me informou que sofre de rinite e gosta de ler sentindo aquela comichão (ou falta de ar) no nariz.

Havia mais gente em volta e nem pude olhar direito a jovem com sua rinite e seu livro empoeirado, em ortografia cheia de acentos e porquês errados. Ia pensar: "Há gosto para tudo!" Pensei outra coisa: Dom Quixote enlouqueceu de tanto ler livros antigos sobre a cavalaria. Bem verdade que foi uma loucura mansa e proveitosa, para ele e para o mundo.

No seminário em que estudei, também li muitos livros, sobretudo os clássicos, em edições antigas e esfarrapadas, cheias de poeira, com um cheiro que até hoje não esqueci.

Cheiro que me persegue, volta e meia o sinto e tudo volta, o claustro, o silêncio, o jovem à espera do adulto que não veio, e se veio, eu nem percebi.

Essa ideia de incinerar documentos (creio que o pessoal do sistema financeiro passou o fim de semana queimando papéis) pode ser boa e até necessária. Velhos papéis e papéis velhos, para que servem, além de provocar rinite e memória?

Teoria Geral da Caça às Baleias Assassinas

Dia desses, uma jornalista de um dos nossos diários entrevistou-me sobre um velho tema: a conquista. Não sei em que ela se baseou para me considerar um especialista, ou ao menos um entendido no assunto.

Como já quiseram saber a minha opinião sobre a guerra nos Bálcãs, sobre a realidade quântica e sobre o legado do John Lennon — encarei a curiosidade dela se não com sabedoria, ao menos com a jovialidade possível.

Já havia desenvolvido, num romance recente, a Teoria da Caça às Baleias Assassinas. Mais ou menos como em *Moby Dick*, o homem repete o capitão Ahab na obstinação de fisgar determinada baleia, branca e imensa como uma montanha de neve.

Comparar mulher com baleia é bobagem — nem preciso que me digam isso. Começa que baleia é raça em extinção e mulher, seja Deus louvado!, é raça em expansão. Mas o jogo entre o homem que cobiça a baleia e o amante que deseja a mulher tem lances mais ou menos parecidos.

Publicada a matéria, algumas leitoras caíram em cima de mim, chamando-me de machista, homem das cavernas, essas coisas. Não faz muito, as feministas exigiam que nenhuma mulher tivesse orgasmo enquanto Pinochet fosse ditador no Chile. Como gozar sabendo que seres humanos eram torturados? Somente as alienadas e vendidas ao imperialismo continuariam a ter prazer. E os homens que tentavam cumprir a tarefa de dar prazer às mulheres eram carrascos medievais, tornavam-se cúmplices do ditador.

Felizmente, procurei me relacionar com mulheres alienadas que nem davam bola para Pinochet, talvez nem soubessem de sua existência. Depois de Pinochet, cismaram com a camada de ozônio da atmosfera terrestre, que estaria ameaçada pelos fumantes, pelos detritos industriais. Como a mulher poderia ter orgasmo sabendo que os homens destruíam a camada de ozônio que nos protege?

Passados alguns anos, ainda há feministas que se enchem de cólera quando um homem diz que é preciso dar corda e usar o arpão na hora devida e ter a baleia, exausta, vencida, para si.

A corda é serpente e algema. Quando o arpão penetra na carne da baleia, ela entra em convulsão, tem o oceano inteiro para arrastar o pescador e seu barco. Reconheço que a imagem é grosseiramente fálica, mas que fazer?

Para os antigos, Cupido era um menino com arco e flecha. Outro dia, uma jovem não gostou da imagem da baleia que usei no meu livro. Preferia ser uma borboleta, como aquela japonesinha que, na ópera de Puccini, o oficial americano chamava de Butterfly, *come t'han nomata, tenue farfalla*.

Borboleta se prende com alfinete. Baleia com arpão. É um problema de escolha. De qualquer forma, recebi com humildade a revolta das mulheres contestando a imagem e, principalmente, esculhambando com o autor dela.

Devido às reclamações, o jornal — que é o mais lido do Rio — ouviu ilustres mulheres da praça, todas caíram em cima de mim, não como eu desejaria, mas com pedras e alusões torpes, apesar de merecidas. Uma delas chegou a dizer uma grande verdade: eu não merecia viver neste século.

Aliás, fui o primeiro a reconhecer isso. O Ruy Castro, coisa de quatro anos passados, fez um livro sobre o século XX e quis saber minha opinião sobre esses últimos cem anos. Assim como Groucho Marx não frequentava clubes que o aceitavam como sócio, respondi que não podia levar a sério um século em que vivo.

Outro dia revi o filme de John Huston baseado na obra-prima de Melville. Há uma diferença fundamental entre o capitão Ahab de Melville e o personagem que Gregory Peck interpreta. No filme, o capitão odeia a baleia que lhe arrancou uma perna. Como o Juquinha das piadas pornôs, ele não pensa em outra coisa a não ser na vingança.

Coisa de americano mesmo, e de John Huston em particular. Já em Melville, fundador da prosa americana, a obstinação de Ahab é quase metafísica. A baleia é o Absoluto que o homem persegue.

Na realidade, a verdadeira caça não é a de John Huston nem a de Melville. O homem não odeia a baleia, não quer vingança nem deseja decifrá-la. O homem simplesmente a cobiça, a quer para si, quer arrastá-la para junto de seu casco, vê-la espumar no próprio sangue, ela, rainha dos mares, soberana das águas.

Fiz para a Ediouro, há tempos, uma adaptação do romance de Melville. Li alguma coisa sobre a caça às baleias. E aprendi que, além do arpão e da corda-algema, o que realmente decide a luta é o olhar obstinado, a cupidez do homem sobre o imenso animal que rola nas ondas. É a força desse olhar que obriga a baleia, em determinado momento, a vir à tona e oferecer seu formidável corpo à cobiça de quem a deseja com tanta fome.

Devo merecer a acusação de machista. Desdenho tudo o que é politicamente correto. Se parei de caçar baleias? Depende de onde vou com o meu barco — um barco à deriva, a vela aberta para sugar o vento que ainda pode soprar.

Grande cena dos tomates de dona Balbina

Dona Balbina — apesar de anedótico, o nome dela era esse mesmo — segurava o cesto de tomates, mostrando-o a meu pai. Era uma portuguesa magra, de olheiras, e se não tivesse ficado em minha memória por outro motivo, teria ficado por um detalhe: foi a primeira mulher de bigode que conheci. Não era um buço, uma sombra no rosto. Era bigode mesmo, ralo, mas bigode. Na rua, os meninos se referiam a ela como a "Bigoduda".

Eu tinha medo dela. Nunca me fizera mal, pelo contrário, certa vez ela me vendeu um apito de barro, era comum os meninos terem um apito daqueles, não servia para nada mas dava *status*. Na hora de pagá-la, deixei o apito cair. Como era de barro, como todos nós, humanos, quebrou-se. Com pena de mim, ela me deu outro, tirando-o da fieira pendurada na porta de sua quitanda. E ficou por isso mesmo.

Apesar dessa gentileza, tinha medo dela. Frequentava meus pesadelos infantis com seu buço agressivo, as olheiras que faziam seu rosto denunciar a caveira que havia atrás dele. Hoje, tantíssimos anos passados, ainda frequenta meus pesadelos e, sobretudo, minha consciência.

Naquela manhã, o pai pediu que eu fosse à quitanda de dona Balbina, ele almoçava mais cedo do que o resto da família e amanhecera com vontade de comer salada de tomate — o que era uma extravagância da parte dele, que gostava de comidas fortes, carnes-secas terríveis, lombos de porco luxuriantes, mocotós incrementados, tudo o que era politicamente incorreto e fazia mal à saúde. Ele achava, com razão ou sem ela, que salada em geral — e a de tomate em particular — era coisa de veado (naquele tempo não se dizia veado, mas maricas, o que dava na mesma).

Lá fui eu à quitanda em busca dos tomates, com a moedinha amarela dos mil-réis no bolso. Naquele tempo, apesar da geladeira que entupia um canto da cozinha e que era uma pioneira na rua Cabuçu e adjacências, não se fazia estoque de verduras. Elas vinham, matinais e frescas, das hortas vizinhas, não precisavam cumprir o purgatório refrigerado da GE branca e ventruda, um dos nossos orgulhos domésticos.

No meio do caminho não havia nenhuma pedra, mas um grupo de meninos que trocavam figurinhas das balas Ruth que todos juntávamos. Quem não andasse com um maço de duplicatas no bolso era um excluído, um pária, um elemento abominável da espécie humana. O fato é que fiquei por aí, esqueci a quitanda. Voltei para casa de mãos vazias. O pai cobrou os tomates, devolvi-lhe a moedinha, disse que os tomates haviam acabado.

O pai substituiu a salada por linguiças formidandas, com dois ovos fritos em cima. Para todos os efeitos, estava bem-alimentado para a faina do seu dia, que muitas vezes consistia em nada fazer a não ser trocar outro tipo de figurinhas com os colegas das redações do Rio — que tampouco nada faziam.

Esqueci a quitanda e dediquei-me a consertar o velocípede do irmão menor, que tinha perdido uma das rodas. Fui chamado às pressas à quitanda de dona Balbina. Minha presença era requisitada pelo pai, como testemunha de acusação.

Deu-se que ao ir pegar o ônibus, ele passara pela quitanda e vira, bem à porta, o cesto de tomates de dona Balbina. Armou um escândalo, dona Balbina soluçava, proclamava que naquela manhã ninguém fora comprar tomates.

Vivi os piores momentos de minha vida (viveria outros igualmente piores, mas este foi o inaugural, o mais devastador). Cheguei à quitanda, dona Balbina exibia o cesto cheio de tomates. O pai exigiu que eu confirmasse a negativa dela em me vender os malditos tomates. Eu confirmei. Dona Balbina deixou o cesto cair, os tomates rolaram pelo chão, ela erguia os pulsos para o céu, clamando justiça para ela e castigo para mim. O pai encerrou a contenda com uma sentença que ouço ainda, em minhas noites de pânico: "Filho meu não mente!"

Era uma forma de elogiar-se a si mesmo, às minhas custas. Na verdade, o pai era tão mentiroso quanto eu, herdei-lhe esse defeito genético, embora suas mentiras fossem inocentes, não causavam malefício. As minhas sempre foram mais graves — sendo a mais grave de todas a dos tomates de dona Balbina.

Meses após, ao fazer a primeira comunhão, foi esse o pecado mais sério que confessei. O padre me absolveu, Deus me absolveu, mas eu nunca me absolvi. Séculos se passaram, não progredi na senda do crime, jamais violei sepulturas, não estuprei freiras nem degolei criancinhas. Mas volta e meia acordo encharcado de suor, o coração na boca, como se tivesse cometido um crime monstruoso que ainda devo purgar.

Dona Balbina, com seu buço de portuguesa peluda, suas olheiras, seu cesto de tomates, frequenta minhas noites de pavor. "Filho meu não mente!" Dona Balbina foi embora deste mundo, o pai também foi embora. Sobrei eu com a sinistra herança de ser fiel à verdade — que quase sempre é a forma submersa da vergonha.

Quem milagres quer achar

Hoje é dia de santo Antônio, que tem devotos de todos os tipos e intenções, inclusive ateus bem ou mal-intencionados. Gosto dele e nele tenho alucinada confiança. Não vou entrar em detalhes, mas desconfio que nunca acertei na loteria porque nunca pedi isso ao santo.

Começa que ele se chamava Fernando — como tanta gente por aí. Era português e já em vida fazia milagres — coisa que nem todo português faz. Teve a lucidez de não se equiparar a Francisco, um rapazinho de Assis, de quem foi contemporâneo e mais tarde discípulo.

Quando leio a história dos dois, penso na dupla Pelé e Garrincha. Pelé seria são Francisco. Garrincha seria santo Antônio, alegria do povo. Pede fogueiras, balões, patrocina namoros legais ou não, ajuda a encontrar chaves, óculos e caixas de fósforos.

Tanto no trivial como no variado, é de assombrosa eficiência. No Brasil, foi major e alferes, latifundiário e vereador de vários municípios. Há um livro de José Carlos de Macedo Soares sobre a estranhíssima presença entre nós de Antônio de Lisboa, que foi também de Pádua.

Na minha infância, o seu dia era o mais importante do ano e do mundo. Por causa dele, tomei birra contra são João — seu rival de calendário.

Para falar a verdade, nunca pedi nada de substancial a santo Antônio. Já fui quatro vezes à sua complicada basílica, em Pádua, e na hora nem sei o que devo pedir. Minhas perdas são muitas, mas já me habituei a elas. Nem tenho interesse em reaver o que perdi. Mesmo assim, começo a duvidar do meu desprendimento.

Não sou de perder chaves nem óculos, mas perdi a fé num mundo mais justo e num homem melhor. Taí uma boa coisa para pedir a santo Antônio. A oração que lhe é dedicada começa com um apelo à esperança: "Quem milagres quer achar." Tenho receio de pedir e ser atendido.

São Cristóvão

É um dos bairros mais tradicionais do Rio. Lá se instalou a corte. Era local afastado e o paço da cidade podia se tornar perigoso, a monarquia europeia não esquecia Versalhes. Se Luís XVI continuasse em Paris, talvez não terminasse na guilhotina.

São Cristóvão é padroeiro dos motoristas em todo o mundo, menos em Roma, onde o padroeiro dos motoristas ainda é Ben-Hur — aquele das corridas de biga. Quando Charlton Heston foi contratado para estrelar o filme homônimo, a primeira providência que tomou foi fazer laboratório, alugando um carro na Via Salaria e tentando chegar ao Coliseu.

Em São Cristóvão moraram dois imperadores, a marquesa de Santos — que vivia ao pé de seu amante (a expressão "ao pé" é machadiana) — e, de cambulhada, lá se instalou o Vasco da Gama. Em tempos republicanos, lá nasceu meu pai.

O bairro ficava ao pé do maior cemitério do Rio, o do Caju, que é mais confiável do que o São João Batista. E mais nobre do que o do Cacuia. E mais saudável do que o de Inhaúma. Fiz o CPOR, que ficava ao pé do palácio, hoje Museu Nacional. Quando me declararam aspirante, prometi nunca mais passar por lá.

Nada contra São Cristóvão, o santo. É contra o bairro mesmo. Fui lá, semana passada, com um amigo italiano que desejava comprar um papagaio. Lá se vendem papagaios. É comércio ilegal, decreto publicado no *Diário Oficial* classifica papagaios como "aves silvestres", são patrimônios da nossa fauna.

O italiano não entendeu. "Vocês estão vendendo tudo, usinas, empresas, jazidas. Por que proíbem a venda de papagaio?" Expliquei que o nosso *Diário Oficial* não é para valer. Como prova, compramos dois papagaios, um para ele, outro para subornar as autoridades.

Vale o escrito

Forçado pelas circunstâncias, fui obrigado a me render ao computador e a seus derivados. Por Júpiter!, foi minha salvação. Acompanhei de dentro de minha própria casa o drama de toda uma geração de jornalistas encostada pela máquina de escrever. Meu pai fazia parte da turma que esbarrou na dificuldade de absorver a ainda precária tecnologia da época.

Creio que, no segundo governo de Vargas, os gráficos haviam obtido uma lei que os desobrigava de compor originais manuscritos (somente os donos do jornal, como o Assis Chateaubriand, podiam descer à oficina seus borrões). Os demais tinham de mandar suas matérias datilografadas. Poucos veteranos sobreviveram, um deles foi o Magalhães Júnior, que com apenas dois dedos e um só olho enchia laudas e laudas com a competência que o consagrou. Aliás, como os profissionais do seu tempo, ele não escrevia em lauda. Todos escreviam em "tiras" — que eram mais ou menos a mesma coisa, sobras das bobinas do papel em que os jornais eram impressos.

Com o advento do computador, apresentou-se o mesmo desafio para uma geração que chegava aos cinquenta, sessenta anos. Honestamente, pensei que chegara a hora e vez de pendurar as chuteiras. Mandaram para minha sala um 286, uma impressora matricial e que eu me virasse. Virei-me, pelo menos até aqui. E mais: tomei gosto. Já andava exausto, mental e fisicamente, de corrigir originais, de escrever em espaços bem largos para depois eliminar trechos ou palavras, colocar acréscimos que só me chegavam após o texto pronto. A mão de obra era abominável.

Com o computador, tudo isso ficou para trás. Tomei tanto gosto que, sem escrever ficção há 23 anos, engatei quatro romances seguidos. Voltei também a escrever diariamente para jornais e revistas. Quando pensava em vestir o pijama e calçar o chinelo, indumentária apropriada para quem penetra na antecâmara do fim, de repente me vi mais comprometido do que antes com o trabalho.

Nem assim, devendo tanto e tudo ao computador, sou entusiasta dele. O domínio que consegui é precário, limita-se ao texto, a gravá-lo ou imprimi-lo. Fora disso, continuo analfabeto em informática. Na Copa do Mundo da França, em 1998, fui obrigado a entrar na internet, deram-me algumas instruções, consegui o básico e dele não saí nem pretendo sair.

Daí meu espanto ao receber, como brinde, um manual ilustrado que me ensinaria tudo sobre o computador e a internet. Novamente por Júpiter! Tirante as cinco primeiras páginas e as dez primeiras gravuras, que mostravam um computador, um teclado, um *mouse*, um disquete e uma impressora, enfrentei um universo misterioso, pior do que indecifrável. Entre outras coisas inúteis, fiquei sabendo que existe uma palavra, para mim impronunciável: Wysiwyg. Em inglês: What You See Is What You Get. Tradução: O que você vê é o que está valendo. Mais ou menos o equivalente ao conhecido bordão dos nossos bicheiros: "Vale o escrito."

Outro dia, em São Paulo, fui convidado para manter uma conversa eletrônica com os usuários do meu provedor. Recebi mais de trezentas perguntas, quase simultâneas. A mais interessante foi curta e grossa: "É verdade que você é você mesmo?" Não soube dar resposta porque ainda não recebera o manual que citei acima. Se o tivesse recebido antes, faria bonito respondendo: "Wysiwyg."

Santíssima Trindade

Deus é testemunha de que nutro bons sentimentos em relação à sociedade. Apesar de boa vontade tão genérica para com o gênero humano, cada vez peço mais distância de qualquer juntamento que tenha mais de duas pessoas.

Inapetência ou incompetência para manter uma conversa, sei lá, o fato é que me embanano quando sou obrigado, por amizade ou ofício, a me reunir com meus semelhantes que geralmente acumulam a condição de meus dessemelhantes.

Outro dia, por conta de uma reunião internacional aqui no Rio, fui a um coquetel onde seria lançado o álbum com um texto meu sobre a cidade. Apesar das minhas maltraçadas linhas, o álbum é bonito, o texto não deu para estragá-lo.

É com pânico que enfrento o bom sujeito que para à minha frente, me cumprimenta com intimidade e até mesmo com carinho, começa a falar de coisas que não lembro. Pior: nem sei nome e condição do amigo que me abraça, me dá informações que ele julga valiosas e eu considero inúteis.

Sou um fisionomista deplorável. Até mesmo me estranho quando passo por um espelho inesperado e dou com a própria cara. Preciso de algum esforço de memória e boa vontade para saber que aquilo sou eu mesmo.

Noite dessas, o simpático senhor me abordou como se fosse um amigo de infância. Deixei-me abraçar. Ele percebeu minha dificuldade em identificá-lo e me ajudou com o que podia: "Sou o filho do Fulano!"

Minha situação piorou cem por cento porque dobrou. Não me lembrava nem do pai nem do filho, houvesse Espírito Santo na jogada talvez fosse uma pista, estaria diante da própria Santíssima Trindade.

Aprendi com o Paulo Coelho que devemos ler os sinais. Tomei aquilo como um sinal de que devia ir embora. Como naquela canção do Chico Buarque, com a impressão de que estava indo tarde.

Evoé!

Nunca entendi o que quer dizer. Os jornais de antigamente, ao chegar aquilo que chamavam de "tríduo momesco", botavam nas primeiras páginas, em letras ditas garrafais, EVOÉ! — assim mesmo, em maiúsculas e com o ponto de exclamação que foi abolido pelos copidesques que vieram depois e introduziram nos textos da redação o pavoroso "diz que".

Evoé era uma senha, talvez de alegria, talvez de esbórnia, e como nada significava realmente, tanto fazia. Os dicionários explicam que era o grito festivo com que se animavam as orgias de Baco, também conhecidas como bacanais. Triste festa e triste animação que necessitavam de tal palavra para dar início aos trabalhos.

Nas Cruzadas, diante das hordas heréticas, os grandes de Espanha e os pares de França gritavam para seus comandados: "Deus *vult*" — Deus o quer! — em português a exclamação é necessária, pois o *vult* latino já contém uma dose razoável de exclamação. Matava-se ou morria-se por um *slogan*. Amava-se, também.

Na Idade Média, as esposas iam para a cama com uma camisola na qual havia uma fenda no lugar apropriado, com o mesmo estímulo: Deus o quer. Como se vê, até para fornicar era aconselhável ter um estímulo suplementar.

Bem verdade que não se precisa de uma senha para morrer e muito menos para fornicar. Essas coisas acontecem no devido tempo — e ainda bem que acontecem. Nada aconteceria, por exemplo, se, em vez de "Evoé!", fossem usadas aquelas interjeições que os parnasianos frequentemente colocavam em seus poemas: "Eia! Sus! Sus!"

Fico imaginando o Joãosinho Trinta gritando eia, sus, sus para animar os foliões da Beija-Flor durante os desfiles do carnaval. Acho que o técnico de nossa seleção na Copa do Mundo, após esgotar todas as miraculosas fórmulas táticas de ganhar um jogo, bem podia pensar no assunto.

Falta a todos nós, tanto no carnaval como no futebol, na vida em geral, um grito de guerra, um "Deus *vult*", um "Evoé!", até mesmo, em caso de desespero, um Eia! Sus! Sus!. Talvez por isso ainda não demos certo.

Vizinhos e internautas

Estudiosos do comportamento humano na vida moderna constatam que um dos males de nossa época é a incomunicabilidade das pessoas. Já foi tempo em que, mesmo nas grandes cidades, nos bairros residenciais, ao cair da tarde era costume os vizinhos se darem boa-noite, levarem as cadeiras de vime para as calçadas e ficar falando da vida, da própria e da dos outros.

A densidade demográfica, os apartamentos, a violência urbana, o rádio e mais tarde a TV ilharam cada indivíduo no casulo doméstico. Moro há anos num prédio da Lagoa, tirante os raros e inevitáveis cumprimentos de praxe no elevador ou na garagem, não falo com eles nem eles comigo. Não sou exceção. Nesse lamentável departamento, sou regra.

Daí que não entendo a pressão que volta e meia me fazem para navegar na internet. Um dos argumentos que me dão é que posso falar com pessoas na Indonésia, saber como vão as colheitas de arroz na China e como estão os melões na Espanha.

Uma de minhas filhas vangloria-se de ser internauta. Tem amigos na Pensilvânia e arranjou um admirador em Dublin, terra do Joyce, do Bernard Shaw e do Oscar Wilde. Para convencê-la de seus méritos, ele mandou uma foto em cor que foi impressa em alta resolução. É um jovem simpático, de bigode, cara honesta. Pode ser que tenha mandado a foto de um outro.

Lembro a correspondência sentimental das velhas revistas de antanho. Havia sempre a promessa: "Troco fotos na primeira carta." Nunca ouvi dizer que uma dessas trocas tenha tido resultado aproveitável.

Para vencer a incomunicabilidade, acredito que o internauta deva primeiro aprender a se comunicar com o vizinho de porta, de prédio, de rua. Passamos uns pelos outros com o desdém de nosso silêncio, de nossa cara amarrada. Os suicidas se realizam porque, na hora do desespero, falta o vizinho que lhe deseje sinceramente uma boa noite.

Legados culturais

Dez anos após a morte de John Lennon, falou-se muito sobre um troço que seria o "legado cultural de John Lennon". Achei a expressão esquisita, fiquei sem saber o que seria exatamente este tipo de legado.

Revistas especializadas, tanto nos Estados Unidos como no Brasil, e provavelmente em outros países, se referiam a Lennon como figura mais importante do que Jesus Cristo. Aliás, ele próprio tinha essa opinião sobre si mesmo.

Semana passada, um leilão na Christie avaliou em 300 mil dólares uma peça de seu vestuário. Foi arrebatada por cinco mil dólares. Daqui a cinquenta anos, esse tipo de legado valerá o que hoje vale uma cueca do Tiririca — outro que provavelmente deixará à humanidade o seu legado cultural.

Deus é testemunha de que nada tenho contra a contracultura nem contra a cultura a favor. Acho que tudo tem sua hora e vez. Um quadro de Van Gogh, mesmo suspeito de ser falso, foi vendido por 75 milhões de dólares. Não tenho esse dinheiro em minhas modestas burras, mas, se o tivesse, não o daria pelo quadro que parece ter sido pintado pelo médico de Van Gogh e que está, se não me engano, no Japão.

Tampouco daria cinco reais por qualquer peça do vestuário de John Lennon, ainda que com direito a trazer sua viúva como brinde. Caso à parte seria a cueca do Tiririca. Talvez ele nem use cueca — e aí estou eu falando sobre um tema que nunca me passou pela cabeça. Antes que reclamem que eu perdi a compostura, ocupando nobre espaço com tão emocionante legado, fico por aqui mesmo.

Por essas e outras, cultura pode ser caso de polícia. Sócrates foi obrigado a beber cicuta porque disse alguma coisa parecida a respeito dos valores culturais de seu tempo.

O FIGURANTE DE GLAUBER

Esbarrei com um conhecido do qual não lembrava o nome, sabia apenas que era ligado ao cinema. Fui cauteloso no diálogo para não me comprometer. Ele estava acompanhado de um amigo que me foi apresentado genérica e heroicamente: "Este é o Gusmão. Foi figurante num filme do Glauber!"

Já era alguma coisa. Dirigi a conversa para o Glauber e quis saber em que filme fizera figuração. Trabalhara em *Terra em transe*, guardara boas recordações de tudo.

Glauber reunira uma porção de gente e mandou que todos gritassem alguma coisa. A cena pareceu-lhe confusa: tinha uma espécie de Pedro Álvares Cabral, uma boazuda com um vestido apertado nas coxas, um senador corrupto, um latifundiário, um jornalista, um líder operário, um frade e muita gente que não devia ser nada, como ele.

A única explicação que Glauber dera a todos, inclusive ao Cabral, foi que a cena seria a do "apoio das massas". Ele seria parte da massa, mas ninguém sabia a quem ou a quê a massa devia apoiar.

Não recebeu cachê. Ganhou um cachorro-quente e um guaraná. Pensou que seria chamado para outras cenas, mas o produtor executivo perdeu a agenda em que ele deixara o telefone.

Viveu seus 15 segundos de glória quando viu o filme. Não compreendeu tudo mas gostou de algumas cenas, sobretudo aquela em que ele surgiu ao lado do Zé Lewgoy — que parecia o único que estava entendendo alguma coisa.

Passados tantos anos, tem saudade do Glauber e acredita que apoiou uma nobre causa. Dei-lhe força. Ele participara de um grande filme. Como figurantes de filme mais complicado, tampouco entendemos o que estamos fazendo no mundo. Muito menos que causa devemos apoiar.

O abridor de espaços

Como qualquer outro homem, perdi algumas oportunidades de fazer ou não fazer o que deveria ter feito ou não ter feito. Contudo, nunca perdi a oportunidade que o destino e os responsáveis pelas linhas de transmissão da Light periodicamente me dão.

Sempre aproveito as interrupções de luz, que hoje chamam de "apagão", para refletir sobre a precariedade da civilização como um todo e sobre minhas fraquezas em particular. Minha mãe garantia que três dias antes do fim do mundo haveria trevas. Para ser exato, Trevas — com T maiúsculo.

Nenhuma lâmpada, nenhuma vela, nem mesmo um fósforo dariam luz durante esses três dias. A única exceção seriam as palhas bentas, que a igreja distribui no domingo de Ramos. Ressecados, os ramos seriam o combustível único que poderia iluminar os caminhos do homem e do mundo.

Nunca perguntei como poderiam ser acesas essas palhas, uma vez que nenhum fósforo funcionaria — mas deixa pra lá. Até o momento em que escrevo esta crônica, não pude testar esse miraculoso evento, donde concluo que, para o bem ou para o mal, ainda teremos pelo menos mais de três dias antes do fim.

No último apagão, como não estava fazendo nada a não ser esperar o momento de ir para a cama, fui olhar a Lagoa que se reduzira a um buraco negro à minha frente. Nem o Cristo Redentor, lá em cima, estava iluminado — daí que fiquei sem os referenciais a que estou habituado.

Era essa a mesma poça escura que os tamoios viam quando andavam à noite pelas margens da antiga Sacopenapã, caçando socós com suas pupilas virgens que não precisavam de luz para ver. Viam pelo instinto — que se ilude menos e não custa tarifa imposta pelo governo.

Que eu me lembre, jamais cacei socó em lugar algum, e meus olhos precisam da complicada rede de transmissão que me traz a luz que talvez não mereça, embora pague por ela. E tem mais: não precisando de luz para nada naquele momento, até que gostei da treva que fez do mundo uma bolha escura no escuro espaço. Assim era tudo, antes que alguém pronunciasse o "Fiat Lux" que hoje é marca de automóvel e de caixa de fósforos.

Longe de mim repudiar a civilização com suas conquistas, entre as quais, a roda, a luz elétrica e o abridor de latas. (Para quem estranhar essa última conquista, sugiro abrir uma lata de sardinhas sem instrumental adequado.)

O mundo não seria inteiramente mau se conservasse sua destinação primeira, ou seja, se houvesse luz e treva, como há terra e água que não se misturam — e quando se misturam se transformam em lama. Haveria mais espaço para não se fazer nada. Não haveria o risco de ficarmos presos nos elevadores, de enfrentar os cruzamentos urbanos sem sinais, nem de beber cerveja quente. Esses penduricalhos trouxeram conforto e prazer mas não resolveram nosso problema básico.

Afinal, por mais que a técnica e a moda inventem abridores de lata, fornos de micro-ondas, aparelhos de barbear e máquinas de fazer pipoca, a dicotomia luz e treva não será vencida, pelo contrário, ela é que nos vencerá.

Pois haverá um momento em que a divisão será nítida, impossível de ser escamoteada. Tudo se apagará à nossa volta e não teremos energia sequer para reclamar do governo ou de nós mesmos. Mergulharemos na escuridão que nos aguarda sem pressa, da mesma forma que não tivemos pressa em buscá-la.

Não sei, não, mas olhando a Lagoa que nem se distinguia das matas do Sumaré, olhando uma porção do mundo sem luz, achei que poderia viver relativamente bem se obedecesse ao ciclo natural da luz e da treva. Daria mais valor à luz, mas não desdenharia a treva. Haveria de encontrar se não o que fazer, ao menos no que pensar.

Sem telefone, sem e-mail, sem fax, sem TV, sem rádio, sem cinema, sem geladeira, sem elevador, sem ar-refrigerado, seria mais fácil encontrar não os socós dos tamoios, cujo sabor ignoro, mas a essência das coisas todas que incluem desde os socós dos tamoios, agora inexistentes, até o meu gosto não poluído pelos alimentos em conserva — sem abridores de lata não comeria sardinhas enlatadas.

Esta crônica é uma das mais reacionárias das muitas que já escrevi. Mas nada mais reacionário do que ser obrigado a sair da varanda com passos hesitantes, o corpo trêmulo para não esbarrar nos móveis e paredes, em busca da despensa onde não há palha benta, mas velas vulgares.

Acendo a primeira, o fósforo funcionou, sinal de que ainda não estamos em Trevas, mas numa treva banal. A marca da vela é mais ou menos apropriada: "Aladim." Não chega a ser maravilhosa nem me traz um gênio para obedecer à minha vontade. Que é uma só: que a luz volte logo.

Loucuras e escândalos

Disputavam a mesma rua. E nela, a mesma calçada. Disputavam, sobretudo, a mesma clientela. Eram 12 portas voltadas para a rua da Assembleia, tinham nomes parecidos: *O Cruzeiro* e *O Camiseiro*.

Os marqueteiros da época — que já os havia — bolavam campanhas iguais para as respectivas liquidações, que coincidiam com o mês do aniversário das duas camisarias. Foi a época das Loucuras de Maio e dos Escândalos de Abril.

A memória fatigada não dá para lembrar qual delas promovia os escândalos e qual delas se entregava às loucuras. De resto, dava na mesma.

O apelo não ficava nisso. Nos meses em causa, nas calçadas respectivas ficavam alguns caixeiros que batiam palmas atraindo potenciais fregueses. Além das palmas, incentivavam o consumo aos berros: "Aproveitem que vai acabar!", "Não deixe para amanhã o que pode fazer hoje!"

Uma tarde, passei por ali e esbarrei com o Moacyr (com ipsilone mesmo), filho do nosso vizinho. Ele batia palmas e conclamava os passantes a aproveitarem não sei se os escândalos ou as loucuras daquele mês. Não teve vergonha de ser flagrado naquele ofício idiota. Quem teve vergonha fui eu.

A lembrança de tão remoto passado tem uma razão. Vi na TV o pessoal da equipe econômica do governo batendo palmas e anunciando loucuras e escândalos deste setembro — por sinal, mês de aniversário do Brasil.

Não é todo dia que um país oferece cinquenta por cento de juros ao mercado da especulação. É ao mesmo tempo uma loucura e um escândalo. A prioridade do governo é manter a moeda sobrevalorizada e, com isso, pagar ao seu cabo eleitoral mais eficiente.

As duas camisarias não existem mais. Não sei se faliram. No lugar delas há bancos catedralescos. Ninguém fica na calçada batendo palmas, pelo contrário, há guardas armados que olham desconfiados para a gente. Por eles, ninguém entrava ali.

Não sei por que estou lembrando isso. Acho que foi o anúncio de uma missa de sétimo dia de um Moacyr (com ipsilone) que vi no jornal.

O castelo e o colete

Os trancos da vida e do ofício trouxeram-me até aqui, um castelo do século XVII, no Vale do Loire. Ao contrário dos equivalentes ingleses, ele não tem nenhum fantasma. A rigor, passará a ter a partir de agora. Dormi esta noite na cama em que dormia Luís XIII e de duas uma: ou a história da França não será a mesma ou a minha própria história será diferente.

É possível também que nada aconteça e tudo continue como antes, a França e eu. O certo é que não tinha nada a fazer aqui, podia ter ficado quieto no meu canto, mas decidi experimentar.

De uns tempos para cá venho me sentindo como uma espécie de fantasma, um ectoplasma que flutua por aí sem se apegar a nada, servindo apenas para espantar ou irritar os outros, a mim mesmo em primeiro lugar.

Fantasma sem castelo é pior do que camponês sem terra. Daí que aceitei o convite para visitar o castelo de Brissac ao preço de algumas fotos que farão excelente contraponto com as de Adriane Galisteu, que andou também por aqui, não sei se dormiu na mesma cama de Luís XIII. Se dormiu, não foi na mesma noite.

Pelo menos, no espaço de míseros quatro dias, fui um fantasma afortunado, andando pelos corredores daqui, pisando tábuas seculares, e se não arrastei correntes nem andei com minha cabeça debaixo do braço, me senti em parte realizado.

Venho fazendo coisas que não fazia — daí que suspeito que me tornei fantasma de mim mesmo e é bom que experimente um castelo de verdade. Conheço alguns fantasmas aí no Brasil que, além de não terem castelo, nem sabem que são fantasmas.

O mais extravagante de tudo é que na primeira noite na tal cama de Luís XIII fui sonhar com o Ziraldo. Ele tentava me convencer a usar coletes. Não lembro os argumentos que dei para recusar a sugestão. Pior do que fantasma sem castelo deve ser um fantasma de colete.

O ANO DA SEGURANÇA

Houve estupor dentro do organismo. Apavorados, os micróbios ficaram sabendo que havia uma tal de penicilina que mataria a todos. Partiram para a mobilização, convocaram uma assembleia extraordinária, precisavam de uma estratégia que neutralizasse a ação dos novos agentes que se infiltrariam no corpo humano.

Na praça central, em cima de um caixote de bacalhau, tribuna histórica de outros movimentos libertários, o líder dos micróbios arengava às massas, incitando-as à reação. Eis que passa pela praça um velho micróbio, caindo aos pedaços, trêmulo, arrastando os pés, bengala branca, óculos escuros, mala de papelão amarrada por barbante.

— Ei! Você aí, aonde vai? Não fica para a resistência?

O velho micróbio, cuja sabedoria tornara-se lendária, respondeu:

— A barra está pesada. Andei lendo sobre essa tal de penicilina. Acho que não vai mais dar pé. Vou embora mesmo. Embarco por via marítima na primeira urina do dia.

Foi assim que me senti quando soube que o governo dedicará este ano à segurança.

Tivemos há pouco o Ano da Saúde, que quadruplicou a dengue no país e muitos brasileiros continuaram nascendo na pia e morrendo no corredor dos hospitais.

Nada de pessoal no assunto. Não tive dengue até agora, nasci em sólida cama que ainda hoje existe. De maneira que não reclamo por mim.

Num programa da TV, desta semana, um ex-ministro mostrou a insensibilidade da equipe econômica que cortou as verbas da saúde de forma dramática. Isso no Ano da Saúde.

Agora, quanto à segurança, que merecerá especial atenção de nossas autoridades durante os próximos 12 meses, estou que nem o velho micróbio: acho que a barra ficará tão pesada que o mais prudente é dar o fora mesmo. Por via marítima, terrestre ou aérea.

Podia ter dado certo

Outro dia, me perguntaram se eu ainda era ateu. Gostei da pergunta e, sobretudo, gostei do "ainda". Assim como não existe um crente que, uns mais outros menos, duvide de sua fé, os ateus, mesmo os mais radicais, volta e meia são assaltados pela incerteza: e se Deus existe realmente?

À medida que o tempo passa, cada um de nós tem menos direito à esperança e mais espaço para a memória. (Digo "memória" e não "saudade", que é outra coisa, responsável pelo saudosismo, uma das manifestações mais cretinas de quem tem mais de trinta anos.)

Sempre que chega o Natal, há território maior para a memória e menor para a esperança de um mundo mais justo e de um homem melhor. Já foram feitas tentativas nesse sentido, e aquela história do menino que nasceu numa gruta de Belém e que seria o salvador do gênero humano é, de longe, a mais bonita.

Tecnicamente, ele nos salvava de um pecado específico que não cometemos mas que purgamos. A ideia de uma culpa coletiva, que alguns historiadores aplicam ao povo alemão por causa do Holocausto, teve antecedente ilustre. Salvos do pecado que não cometemos, quem nos salvará dos pecados que continuamos a cometer?

Bem, o raciocínio vale apenas para o cristianismo, embora todas as religiões, de uma forma ou outra, façam referência a um paraíso perdido — inclusive o judaísmo, de onde se originou a seita cristã.

Daí que fica difícil aceitar a ideia de uma redenção, sobretudo porque não a merecemos. Mesmo assim, todos os anos, ficamos emocionados com a história daquele casal que batia às portas das casas de Belém, a mulher, quase uma menina, estava grávida, a criança poderia nascer naquela noite. Não havia lugar para eles.

Foram para um estábulo, onde o boi e o burro repartiram o espaço e cederam a manjedoura para que o menino nela nascesse. Uma estrela brilhou no imenso céu sobre o deserto da Judeia. Podia ter dado certo.

A HISTÓRIA MAIS BONITA

Se alguém conhece história mais bonita, que conte logo, diga adeus e vá-se embora. A que eu conheço é antiga e faz hoje, mais ou menos, dois mil anos. Um homem humilde, noivo de uma jovem mais moça do que ele, sonha com um anjo que o avisa:

— Olhe, não esquenta a cabeça mas sua noiva vai ter um filho. Guenta as pontas, você não tem nada a ver com isso, fique na sua e deixa o resto por nossa conta.

Na mesma ocasião, outro anjo aparece à mulher — na realidade, uma menina de 15 anos — e lhe dá um recado equivalente:

— Não esquenta a cabeça, mas você vai ter um filho...

A menina podia ter perguntado:

— Mas como? Estou prometida a um homem mais velho e ainda sou virgem!

— Fique na sua — diz o anjo —, você não entenderá o que está acontecendo, mas é a vontade de Deus.

A menina-moça responde:

— Seja feita em mim a sua vontade.

Em silêncio (nenhum dos Evangelhos registra uma só palavra pronunciada pelo carpinteiro José), ele nem comenta o fato com a mulher. Nove meses depois, numa gruta, cercados por um boi e um burro, nasce a criança. Ele protege a mulher e o filho que não é dele.

Sabendo que Herodes quer matar os recém-nascidos, toma a mulher e o menino, foge para o Egito.

Não tem uma ideia precisa do que está acontecendo com ele e com aquilo que poderia chamar de "sua família". Cumpre, sempre em silêncio, uma ordem misteriosa vinda de uma entidade na qual talvez nem acredite.

Tampouco a menina-moça compreende o que está se passando. Mais tarde, os pintores da Renascença encheriam o mundo com aquela cena banal, a moça com o seio de fora, amamentando a criança, o homem a distância, cuidando que os inimigos não se aproximassem.

Como disse no início, quem conhecer história mais bonita conte logo, diga adeus e vá-se embora.

Pe Rovaz Ka Minha

Coincidência ou não, quando todos estão se preparando para comemorar os 500 anos do Descobrimento ou do Achamento do Brasil, quando a maravilhosa carta de Pero Vaz de Caminha é enfim descoberta como um dos textos literários mais perfeitos e completos de nossa história, tive uma baita surpresa.

Recebi da viúva de um amigo, morto há anos, uma lata de biscoitos Aymoré com uns papéis amarelados e quase indecifráveis. Esse amigo, após uma temporada na BBC de Londres, voltara para o Brasil. E com uma equipe de filmagem fizera um dos primeiros contatos com os xavantes, do qual resultou um filme e um livro assinado por ele. Chamava-se Sílvio Fonseca e o filme teve como título *Frente a frente com os xavantes*. Foi exibido aí pelos inícios dos anos 50.

Examinei os papéis. Eram antigos, escritos na caligrafia do século XVI. Sílvio Fonseca os recebera de algum índio xavante ou similar. Estranhei o nome do autor daquele manuscrito. Pelo que deduzi da citada caligrafia, seria um tal de Pe Rovaz Ka Minha, nome complicado para um índio, xavante ou não.

Seria um índio alfabetizado, que dominava a escrita, tivera acesso ao papel e à tinta. Talvez tivesse feito um relato oral a algum marinheiro português que aqui chegara na frota de Cabral, ou de algum outro navegante que aqui aportara antes do almirante.

Como achei tudo aquilo absurdo, muni-me de uma boa lente e tentei decifrar o manuscrito. Espantoso: era uma espécie de "outro lado" da carta de Pero Vaz de Caminha, ou seja, o relato circunstanciado de um índio brasileiro. Desprevenido, ele andava pelas areias de Cabrália ou Porto Seguro. De repente, viu surgir no horizonte azulado as velas, enormes, brancas e estufadas, das caravelas do outro mundo.

Como todos os demais índios, ele também ficara assanhado. Guardou na memória o que estava vendo e o que veria nos dias seguintes. Mais tarde contaria para algum escriba as impressões daquela manhã de abril.

Seu relato funciona, esquematicamente, como contraponto da carta de Caminha. Aborda mais ou menos os mesmos fatos, só que pelo avesso.

Curiosas as semelhanças de estilo e observação. Caminha deslumbrou-se com as índias asseadas e nuas, o sexo cerradinho, coisas a que os europeus não estavam habituados.

O índio deslumbrou-se com as caravelas. Só conhecendo as primitivas pirogas, ele se espantou com aqueles pirogões que surgiam do mar, as brancas velas enfunadas, com aquelas cruzes vermelhas que pareciam pintadas a cauim.

Recebendo eu a lata de biscoitos da viúva de Sílvio Fonseca, assombrado com o que acabara de descobrir, telefonei imediatamente para um dos editores da praça, comunicando-lhe que tinha em mãos um documento precioso que merecia publicação, exegese e polêmica.

Dou de barato que muita gente pensará que se trata de um embuste literário. Mesmo assim, assumo. E como Cabral tomou posse desta terra, tomo posse deste relato e desta ideia.

Tenho dito!

Não existem mais, e se existem, são poucos. Mas houve tempo em que esses oradores apareciam em todos os lugares e ocasiões. Falavam sobre qualquer assunto ou mesmo sobre assunto nenhum, variavam o estilo, o arroubo, o gestual, a gramática e a oportunidade. Mas tinham em comum o final decisivo, do qual ninguém duvidava pois todos aplaudiam aliviados: "Tenho dito!"

No parlamento, em casamentos e batizados, em festas de aniversário, em velórios, à beira dos túmulos, mas sobretudo à sobremesa de ágapes festivos, era uma fatalidade como a aparição de um cometa, um eclipse. Depois do ameaçador "peço a palavra", o mais importante era quando aparecia, afinal, o "Tenho dito!".

Equivalia, mudadas as circunstâncias e propósitos, ao "vale o escrito" que até hoje é estampado nas listas do jogo do bicho. Curioso: muita gente pensa que foram os bicheiros os inventores dessa fórmula peremptória, irretorquível, de não deixar dúvida sobre a validade daquilo que está escrito.

Foi Pilatos, o próprio, ou seja, o Pôncio que lavou as mãos e entrou como pilatos no credo, foi ele quem inventou a frase. Refresco de memória: ele escreveu aquele "Inri" que até hoje comparece na cruz do Calvário: Jesus de Nazaré, Rei dos Judeus.

Os judeus não gostaram daquele rei e foram a Pilatos pedir que o escrito não valesse, o Jesus de Nazaré ali pendurado podia ser tudo, menos sucessor de grandes reis como Saul, Davi e Salomão.

Pilatos era cidadão romano, não tinha rei nenhum, tinha apenas um imperador que mandava nele e em todo mundo, inclusive nos judeus. Com arrogância, respondeu: "O que escrevi, está escrito." Em latim é um pouco diferente: *quod scripsi, scripsi*. Numa tradução bastante livre: vale o escrito, tenho dito.

Nesses dias de feriados seguidos, os assuntos escasseiam, daí que eu consegui emplacar um "Tenho dito!" sem dizer nada.

A ponte do Diabo

Impossível fazer a ponte sobre o rio. Os habitantes da aldeia eram pobres e incultos, metade deles vivia na miséria, a outra metade na ignorância — o que dava um todo deplorável. Só havia uma solução: construir a ponte e vencer o rio que isolava a aldeia da civilização.

Foi então que apelaram para o Diabo. Só ele, com seu poder e sua astúcia, poderia vencer o rio. Embora não fosse disso, o Diabo se fez de rogado, talvez para valorizar a proeza para a qual estava sendo invocado. Talvez porque a aldeia era tão lastimável que nem merecia perder tempo com ela.

Sim, ele ajudaria na construção da ponte, mas com uma condição: ficaria com a alma daquele que por primeiro a atravessasse. Os habitantes da aldeia acharam que valia a pena. Firmaram um protocolo de intenção e, como garantia suplementar, o Diabo exigiu que o documento fosse assinado na igreja local. Temia que Deus, na prestação de contas, atrapalhasse o negócio.

A ponte foi feita. Na realidade, nem foi preciso fazê-la. Um dia, a aldeia acordou e viu que em cima do rio havia uma ponte, ponte maravilhosa por sinal, fazia um arco surpreendente em sua parte mais alta. "Para passar os navios que trarão o progresso à aldeia", explicou o Diabo.

E tendo explicado a ponte, o Diabo postou-se na margem oposta à aldeia, esperando o primeiro que passasse por ela a fim de levá-lo ao seu reino de chamas.

Bem, os habitantes reuniram-se para decidir a respeito. Eram miseráveis e ignorantes, mas eram espertos. Pegaram um porco e o enxotaram para a ponte. Bem que o porco tentou voltar, mas os habitantes ameaçaram apedrejá-lo. O Diabo não teve outro jeito: levou o porco, afinal, faria um excelente churrasco com ele.

Esta fábula — que explica estranhíssima ponte numa aldeia italiana — pode ser aplicada à inevitabilidade da globalização. Apesar de miseráveis e ignorantes devemos ser espertos para não vendermos a alma pelo preço de uma ponte.

Luz e trevas

No último domingo, dava minha volta na Lagoa quando vi pessoas com ramos na mão. Temos duas igrejas aqui, a de São José e a de Santa Margarida. Os fiéis saíam carregando aquelas palmas que, já no tempo de Machado de Assis, não eram tão verdes assim.

A frase é do próprio Machado e vai de memória: "Antigamente, as palmas que se traziam das igrejas eram mais verdes. Mais e melhores. Na verdade, já não existe o verde, há um amarelo escurecido."

Não me lembro se em criança esse verde era mais e melhor. Minha mãe deixava os ramos secarem e eles ficavam cor de palha, esbranquiçados, dentro do oratório onde ela venerava seus santos preferidos. Eu tinha medo daquele oratório, achava-o sinistro, santos com caras patibulares, o crucifixo de prata que ficou no peito do avô que morreu em nossa casa.

Houve o dia em que me falaram do fim do mundo. Seria antecedido por três dias de trevas, não haveria luz, o Sol se apagaria, nenhuma lâmpada se acenderia.

Haveria uma exceção: a palha seca daqueles ramos, benzidos no domingo que abre a Semana Santa, poderia dar a única luz para os dias de treva. Quando soube da novidade, tomei coragem e fui espiar dentro do oratório: lá estavam, ressequidos, esquálidos, dois ou três resíduos de ramos outrora verdes (ou amarelos-sujo).

Se já estava inquieto, entreguei-me ao pavor. Com aquele combustível sagrado não teria luz nem por dois minutos. As trevas me venceriam e eu morria de medo antecipado. Prometi que no próximo domingo de Ramos iria a todas as igrejas, traria munição suficiente para aguentar pelo menos uma semana sem luz.

O tempo passou, vi na Lagoa as pessoas saindo das igrejas com seus ramos, não me preocupo mais com as trevas, apenas me irrito quando a Light privatizada me deixa no escuro. Um escuro do qual ainda tenho medo, à medida que a luz começa a faltar nos meus olhos e na minha esperança.

O preço do sucesso

Faz tempo, a pedido de amigo comum, visitei uma dama que desejava me mostrar um pouco de sua bem-sucedida carreira na sociedade. Eu a admiro até hoje. Sempre se portou com dignidade, sobretudo quando as coisas desandaram e ela perdeu a fortuna e a saúde.

Fez questão de mostrar seus álbuns de fotografias no *jet set*. A cada folha que virava, aparecia um milionário daqui ou de outra paragem, em cenários ilustres, em companhia de presidentes, artistas, essas coisas.

E invariavelmente ela dava a informação: "Esse aqui tinha dois bilhões de dólares, um iate na Sardenha e outro em Miami, casou com a miss Finlândia, coitado, agora está preso, escrevo para ele todos os natais, já me convidou para uma festa quando sair da cadeia."

Variavam os cenários, os iates, as mulheres e as penas de prisão. Alguns desses homens de sucesso nem estavam presos: haviam se suicidado.

Lembrei-me dessa visita quando, por acaso, achei velha revista numa gaveta do armário que um marceneiro estava reformando. Trazia na capa um empresário que estava comprando tudo o que podia. O texto era um hino de louvor à sua argúcia, sua visão do futuro, sua capacidade de trabalho.

Por acaso também, outra revista semanal, deste domingo, trazia o mesmíssimo empresário em seu forçado exílio no exterior, fugindo de dívidas e golpes dados na praça.

Lembrei-me também dos elogios que a mídia dedicou aos meninos de ouro do mercado e da globalização e que agora estão sendo investigados pela justiça. Não eram eles que estavam errados e sim a mídia que os consagrou.

O MISTÉRIO QUE NÃO TEM MISTÉRIO

Tem gente que vive sem entender por que vive. É na certa a maioria e eu me incluo nesse time. Acontece — que a vida vai ensinando e mesmo contra a vontade vamos aprendendo alguma coisa. Por exemplo: meter o dedo na tomada elétrica dá choque. Tomar banho de mar no Leblon pode dar hepatite. Desejar a mulher do próximo, além de ser pecado, pode dar bode.

Pior mesmo é que ninguém procura aprender o mais importante, que é atravessar o gargalo comum que não podemos evitar, seja lá quem sejamos: morrer. Santo Agostinho tem um pensamento genial: "A vida não é mortal. A morte é que é vital."

Daí que devemos pensar na morte daquele japonês de Hiroshima que foi ao banheiro, puxou a descarga na hora em que a primeira bomba atômica explodiu. (Há uma variante erótica dessa mesma história, a mulher que teve orgasmo naquele mesmo instante e achou o parceiro o máximo dos máximos, mas nem teve tempo de louvá-lo.)

Outro dia, vi um documentário sobre a eutanásia. Um médico que estava sendo processado por homicídio se defendia e exibia um vídeo sobre um de seus casos.

O paciente sofria de várias doenças incuráveis, era paraplégico e tinha depressões que o alucinavam. Não podia sequer suicidar-se, pois não tinha movimentos. Lúcido, implorava que o matassem. O médico garantiu-lhe que praticaria eutanásia, mas antes queria ter certeza se o paciente desejava mesmo a morte.

Desejava. O médico perguntou se ele não queria pensar um pouco mais na questão, dois meses, um mês. O paciente disse que não. Não aguentaria tanto tempo de sofrimento. O médico reduziu o prazo para semanas. O paciente não queria três semanas ou duas para pensar melhor? A resposta foi a mesma: não.

Mais uma vez o médico perguntou se não queria apenas uma semana para pensar. O paciente vacilou. Uma semana não é nada, topou. Viveria uma semana e depois fariam, ele e o médico, nova avaliação.

O médico se retirou. E como era sexta-feira, foi com a família para sua casa de campo, aproveitar o fim de semana. Voltaria ao batente na segunda-feira. Mas no domingo, à tarde, recebeu telefonema da família do paciente: ele não aguentava mais, queria morrer logo, esperava que o médico cumprisse sua promessa.

Domingo à noite, após aplicar fortes sedativos no paciente, deu-lhe a injeção letal. Este foi o fato e o tema do documentário, que continuou com as embrulhadas jurídicas e policiais sobre a eutanásia.

Que em absoluto me interessaram. Fiquei refletindo — e continuo refletindo — sobre a esperança daquele paciente em suportar mais uma semana de vida, calcular mal e, dois dias após, pedir o boné para ir embora. Na situação em que estava, o que teria acontecido dentro dele? Ou o que não teria acontecido? Por essas e outras continuamos a encarar a morte como um mistério, o mistério menos misterioso da condição humana.

Mortos e vivos

Há quem reclame do calendário cristão, que dedica um dia aos mortos, a lembrá-los e, em alguns casos, a chorá-los. Civilizações inteiras, construídas em torno da memória e do culto aos mortos, tiveram momentos de poder e glória. Todas as religiões prolongam esse culto que foi a base de antigas civilizações, como a caldaica e a egípcia.

Mesmo uma religião voltada essencialmente para a vida, como a judaica, tem no respeito aos mortos um dos alicerces de sua força milenar. Daí que o Dia de Finados é até mesmo um pleonasmo. Todos os dias o são.

Ligo a TV e vejo um desfile de mortos: Kennedy prometendo chegar à Lua, Ingrid Bergman pedindo para Sam tocar "As Time Goes By", o casal Curie fazendo experiências, Tom Jobim fumando um charuto, o papa Pio XII visitando um bairro de Roma atingido pelas bombas durante a Segunda Guerra Mundial, Coco Chanel fazendo caras e bocas, Garrincha driblando uns joões na Suécia.

Se ligo o som, ouço a voz de Jean Sablon ou de Maria Callas, de Elvis Presley ou de Silvinha Telles, vozes que não mais existem, e tantas, e que tanto marcaram a vida de tantos, a minha inclusive.

Bem, fiquemos nos livros, que são mais prestativos e nossos. Ler Faulkner ou Flaubert, Pessoa ou Eliot, Zé Lins ou Sartre — para onde meus olhos vão, nas estantes que forrei de volumes durante tantos anos, encontro nomes queridos, que muito me deram e nada me roubaram.

Uns melhores do que outros, mas todos com um ponto em comum: estão mortos, dormindo profundamente como naquele poema de Bandeira — outro morto por sinal.

Não concordo em que os mortos governam os vivos. Potencialmente, todos seremos mortos. Mas sempre me inquietei com o futuro, perguntava à minha mãe se quando crescesse poderia fazer isso ou aquilo. Ela dizia que sim, tudo era uma questão de tempo.

Acho que "crescer" talvez não seja boa coisa. De qualquer forma, no Dia de Finados prefiro mesmo ficar com os vivos. Tenho o resto do ano para pensar nos mortos.

Opinião x informação

Dia desses, arrumando livros novos na estante, um volume caiu ao chão. Tenho a convicção de que essas coisas têm um sentido, são um sinal que precisa ser entendido. Sempre que isso me acontece, procuro ler o recado que a lei da gravidade me dá. É que nem aqueles periquitos que depois da música do realejo metem o bico e tiram uma sorte para o freguês.

O livro que foi para o chão não parece grande coisa, é uma coletânea de artigos publicados na imprensa norte-americana sobre a comunicação no limiar do novo século. Desafios criados pela informática, pela crise do papel, pela nova concepção do jornalismo. Um jornal deve ser informativo ou opinativo? Em que proporção deve ser isso ou aquilo? E por aí vai.

A maçã que caiu na cabeça de Newton mudou a vida do próprio e da física. A queda do tal livro não teve efeitos tão catastróficos. Na página que ficou amassada li o trecho final de uma argumentação sobre a necessidade da opinião baseada na informação. A frase começava na página anterior mas o destino me obrigava a ler apenas o seu final, que me recomendava ter opinião somente depois de ter uma informação exata.

Parece o óbvio. Passei a vida inteira tendo opiniões e nem sempre posso considerar minhas informações exatas. O PC Farias foi vítima de crime passional ou de queima de arquivo? O João Saldanha — segundo revelou Zagallo — foi um mentiroso naquela questão da escalação do Dario pelo general Médici? Onde estão os ossos de Dana de Teffé?

Bem, a mensagem que recebi do destino, via lei da gravidade, me obrigaria a apurar essas momentosas questões. Tenho por norma achar que a verdade é uma questão de opinião e não de informação. Pilatos perguntou a Cristo o que era a verdade — e olha que perguntava a quem se declarava a própria Verdade. Não teve resposta. Mesmo assim, tomou as providências necessárias.

Paisagem é mistério

Nelson Rodrigues gostava de citar os amigos. Costumava fazer uma frase ou emitir um conceito. Porque duvidasse dela e suspeitasse dele, ou porque achava frase e conceito muito inteligentes, atribuía-os a outro. Uma dessas frases, que rolou durante anos em suas crônicas, era bastante suspeita. Dizia que "paisagem é verba".

Discordo. A verba pode divulgar uma paisagem, mas não a cria, muito menos a valoriza. Tampouco acredito que paisagem seja estado de espírito. Lembro um amigo, colega de seminário, que ordenado padre foi a Israel pela primeira vez. Levava dentro dele um estado de espírito piedoso, propenso a se edificar com as paisagens que foram as mesmas de Cristo, o lago de Tiberíades, a montanha do sermão, o Jardim das Oliveiras, as ruelas de Jerusalém onde as crianças saudaram o Messias com palmas verdes, *gloria, laus et honor tibi sit*, essas coisas.

Logo à chegada, indo do aeroporto de Lod para Jerusalém, viu uma pelada de futebol. Podia imaginar tudo na Terra Santa, judeus oscilantes, curvando-se em grandes vênias diante do Muro das Lamentações, árabes com a testa no chão orando em direção a Meca, cristãos emocionados percorrendo a Via-Sacra — enfim, estava preparado para as paisagens que consomem verbas e produzem estados de espírito ou são produzidos por elas.

A pelada pobre e maljogada, no campo áspero do solo sagrado, era ao mesmo tempo uma profanação religiosa e uma aberração turística. Mas foi exatamente essa pelada que encheu seus olhos de lágrimas. Lembrou-se de suas peladas de seminário, na fazenda de Itaipava, as brigas pelo privilégio de cobrar o primeiro pênalti, os bate-bocas homicidas para saber se a bola tinha ou não tinha entrado no gol — uma pelada decente dispensa balizas, são duas pedras no chão que assinalam a cidadela a ser conquistada.

Ele visitou tudo a que tinha direito. Orou e se emocionou com outras coisas. Quando eu lhe comuniquei que ia a Israel pela primeira vez, ele me recomendou assistir a uma pelada na terra três vezes santa.

Objetos diretos

Quando Rubem Braga não tinha assunto, ele abria a janela e encontrava um. Quando não encontrava dava no mesmo, ele abria a janela, olhava o mundo e comunicava que não havia assunto. Fazia isso com tanto engenho e arte que também dava no mesmo: a crônica estava feita.

Não tenho nem o engenho nem a arte do Rubem, mas tenho a varanda aberta sobre a Lagoa — posso não ver melhor, mas vejo mais. Otto Maria Carpeaux não gostava do gênero "crônica", nem adiantava argumentar contra ele, dizendo que os cronistas, uns pelos outros, escreviam bem. Carpeaux lembrava então que escrever é verbo transitivo, pede objeto direto: escrever o quê? Maldade do Carpeaux.

Com essas festas meio sacais do fim de ano, com o calor que bateu forte, triturando carnes e moendo ossos, com a cara do presidente da República na TV, pasteurizada pela propaganda oficial, desejando-me um feliz ano-novo (embora de má vontade, faço parte daquele "todos os brasileiros" a que ele se referiu), fica mesmo difícil encontrar um objeto direto para o verbo transitivo.

Quando não tinha assunto, Eça de Queiroz desancava o Bei de Túnis — um personagem que ele inventou e que fazia misérias dignas de serem desancadas. Se o Bei era inventado, as misérias que ele fazia eram reais, todos os beis do mundo fazem mais ou menos as mesmas coisas.

Nelson Rodrigues não tinha problemas. Quando não havia assunto ele o inventava. Uma tarde, estacionei ilegalmente o Simca-Chambord na calçada do jornal. Nelson estava com o papel na máquina e provisoriamente sem assunto.

Inventou que eu descia de um reluzente Rolls-Royce com uma loura equivalente à suntuosidade do carro. Um guarda nos deteve, tentei subornar a autoridade com dinheiro, o guarda não aceitou o dinheiro, preferiu a loura. Eu fiquei sem a multa e sem a mulher. Nelson não ficou sem assunto.

Apocalipse adiado

Compromisso cedo na cidade e cruzo o largo da Carioca, local em que não pisava há anos. Gente indo e vindo, camelôs armando seus minishoppings onde se pode comprar desde desentupidores de pia até TVs portáteis a preço de contrabando mesmo. A praça é livre e é do povo.

Àquela hora da manhã, um cidadão formalmente vestido, de óculos grossos e voz poderosa, decidiu alertar a humanidade, que por ali passa, sobre os castigos da ira de Deus.

Sou apreciador das grandes cóleras — quando não estão voltadas para mim. E o cidadão está colérico: anuncia a cólera do Todo-Poderoso. A iniquidade dos homens tem os dias contados. Dias, não: têm os minutos contados. O castigo é iminente.

Ele não cita a Bíblia nem a Constituição — deve descrer de um e de outro documento em que a mão do homem escamoteou a vontade de Deus no primeiro e a vontade do povo no segundo. Aliás, ele não cita nada e ninguém.

Apenas esbraveja, alertando os passantes de que a cólera divina não mais suporta a prevaricação dos homens e a hora é do salve-se quem puder. Do jeito que fala, o fim do mundo é coisa para a parte da tarde, logo depois do meio-dia. Com as veias salientes no pescoço avermelhado, o camarada exige que todos façamos penitência, o fogo do inferno já lambe nossas vestes e carnes.

Consulto o relógio. Tenho pouquíssimo tempo para purgar meus pecados, dada a quantidade e a qualidade das muitas transgressões que cometi ao longo da vida. De repente, descubro que sou o único a prestar atenção ao profeta do largo da Carioca.

O jornaleiro da banca em frente repara que estou preocupado e informa que todos os dias o mesmo sujeito faz o mesmo discurso e repete as mesmas ameaças.

Sigo meu caminho, mas sem a tranquilidade desejada. Vai ver que mais dia, menos dia o camarada acerta. Felizmente, na entrada do metrô, um saxofonista solitário toca "Stella by Starlight".

Dia de leão

Na crônica do último domingo, lembrei aquela frase de Mussolini: "Prefiro um dia de leão a cem anos de ovelha." Tem gente que cultiva frases, e até que essa é boa. Resta saber exatamente o que é um dia de leão. Cem anos de ovelha podem não ser muita coisa, mas são cem anos. E cem anos não são cem dias.

Confesso que pouco entendo de animais, muito menos de leão. Conheci ao longo da vida alguns espécimes da raça, mas em circos, enjaulados, fedorentos, não os admirava. Vejo até hoje o leão da Metro, este pelo menos não fede e seu rugido não apavora ninguém.

O Joel Silveira garante que um leão normal dorme 20 horas por dia, sobrando apenas quatro para exercer o ofício de leão. Já me informaram, igualmente, que esse negócio de "rei da selva" é cascata. Ele não é o animal mais forte e valente, outros são bem piores. O que ele tem, literalmente, é a goela, ganha no grito.

Dorme o tempo todo, como um sultão impotente. Mas quando desperta, solta o formidável rugido e aí todos o respeitam, mas não o obedecem nem o amam. Sua ferocidade é a mesma de outros animais que precisam de grande quantidade de carne para saciar uma gula assombrosa.

Os romanos atiravam os cristãos aos leões. Era uma prova de que o bicho era mesmo feroz. Antes, deixavam as feras três dias sem comer. Para as necessidades de um leão, o jejum era arrasador, letal. Solto na arena, devorava qualquer coisa que tivesse carne à sua frente, fosse cristão ou pagão.

Donde se pode concluir que não é vantagem. Guardadas as proporções da fome, qualquer um de nós, na mesma situação, seria capaz de comer a própria mãe. Há exemplos disso nas grandes pestes e fomes, inclusive neste século, durante a guerra civil na Rússia.

Eu deveria concluir que Mussolini não sabia o que estava dizendo. Se tivesse preferido os cem anos de ovelha não teria terminado naquele gancho de açougue, de cabeça para baixo.

Elogio do piloro

Cobram-me um palpite sobre a doação de órgãos, assunto que está em debate no Congresso, nos hospitais, na imprensa e nos necrotérios. O tema parece macabro. O transplante de órgãos, em havendo uma estrutura técnica razoável, seria um avanço do homem contra a morte.

Como não temos estrutura nem para extrair bicho-de-pé do lavrador, acho difícil criarmos uma que seja capaz de abastecer os necessitados com órgãos transplantados. As exceções não contam.

Perguntaram-me também se tenho a intenção de doar algum órgão. Fiz rigoroso exame de minhas possibilidades, da cabeça aos pés, por dentro e por fora. Na minha idade, com as porradas que já levei pela vida afora, acho que nada tenho a doar.

O coração endureceu de tanto ser maltratado por aí. Os pulmões devem estar pretos pelos cigarros, charutos e cachimbos que fumo há anos. O fígado é sabidamente mau pelo péssimo humor que me acompanha desde que fui obrigado a acompanhar a vida nacional como jornalista.

Em criança, diziam que eu tinha pés bonitos. Peladas nas praias me arrebentaram dedos, cartilagens e unhas. O que sobrou mal dá para me manter em pé. De modo que nem um mísero dedão está em condições de servir de estepe à solidariedade humana.

Sobra bem pouca coisa. Na realidade, só boto a mão mesmo pelo meu piloro. Nunca foi mencionado em nenhum exame, consultório médico ou chapa de raios X. Acredito que devo ter um excelente piloro, não digo que zero-quilômetro, mas — como proclamam os anúncios de carros usados — "em excelente estado de conservação e de um único dono".

Até hoje não sei bem para que serve o piloro, ou mesmo se serve para alguma coisa. Ignoro também se há transplante de piloro. De qualquer forma, na maré de boa vontade para ajudar o próximo, tomarei informações por aí e, na devida hora, coloco o meu piloro à disposição da sociedade.

O assassino do sono

Desde que o primeiro homem mandou em outro homem, criando desta forma o poder, muitas foram as tentativas para definir ou explicar esse tipo de ambição. Que, aliás, é uma ambição mal-informada e provisória, pois como li outro dia num parachoque de caminhão, tudo é força, só Deus é poder.

Acredito que Shakespeare, sem a concisão e a limpidez da filosofia expressa no parachoque de nossos caminhões, foi quem chegou mais perto, não da essência do poder, mas da ambição do poder — que está na raiz, no caule e na fronde de todos os problemas humanos.

Depois de avisado pelas feiticeiras (Ele pergunta: "O que estais fazendo?" Elas respondem: "Uma coisa sem nome"), Macbeth sucumbe — docemente constrangido, é bom que se diga — aos apelos e insinuações de sua mulher para matar Duncan e tornar-se rei.

Numa noite cabulosa, cheia de presságios, ventos uivando, pios de coruja, noite que o Nelson Rodrigues não se pejaria de comparar à do 5º ato do *Rigoletto*, Macbeth aproveita o sono de Duncan para a punhalada fatal.

E quando comunica a Lady Macbeth que cumprira o combinado, realizando mais a ambição dela do que a dele, descreve-se como "o assassino do sono". Não se trata do sonho, que morre sem precisar que o matem. Trata-se do sono mesmo.

É isso aí. Todo o poder passa por um crime. O poder é o assassinato do sono: quem mata é o rei, quem dorme é o povo.

Além de Shakespeare e dos para-choques de caminhão, outra boa explicação para o poder está num dos últimos filmes do Gordo e do Magro. Após as peripécias de praxe, a dupla consegue chegar a uma ilha deserta — longínqua reminiscência de um episódio de Cervantes, em *Dom Quixote*.

Imediatamente, o Gordo se declara rei. O Magro faz aquela cara desconsolada e pergunta o que ele, Magro, vai ser. O Gordo aponta com o gordo dedo o magro peito do Magro e diz: "Você será o povo!"

Cabezas trocadas

Pouco antes da edição do Ato Institucional 2, em 1965, um grupo de intelectuais aqui no Rio lançou um jornal cujo título e mensagem principal era *Reunião*. Pretendia-se fazer o que agora as esquerdas tentam: reunir o povo contra o governo. Apesar de sentir um calafrio mais na alma do que na espinha quando me chamam de intelectual, fiz parte desse grupo quixotesco que foi, segundo creio, o primeiro órgão de uma imprensa que depois seria rotulada de alternativa.

Durou três números, pois com a edição do AI-2 ficaria impossível falar ou pensar em qualquer tipo de reunião que criticasse o regime totalitário. Mal-informados, nem suspeitávamos de que o pior viria ainda, três anos mais tarde.

No primeiro número de *Reunião*, a página nobre foi escrita pelo Paulo Francis, que bolou um artigo sob o título “A falência das esquerdas”. Naquela época, o artigo foi considerado injusto e derrotista. De tal maneira pressionaram o Paulo que ele alterou o título para “A crise das esquerdas”. Não me lembro de seus argumentos e considerações. Mas a ira que provocou em certos setores da oposição foi tal e tamanha que deram razão ao Paulo: ele havia apontado dolorosa ferida que nunca cicatrizou de todo.

Nesse tempo, depois de longo e consciente estágio na alienação total, eu era tido como homem de esquerda. O fato é que havia uma situação de grave emergência humana que arrastara e enrolara a vida institucional e política do país. Foi nessa emergência que me engajei, embora reconhecendo que o homem é um animal em permanente emergência. Há emergências mais graves do que outras, e aquela era uma delas.

Sem jornal para gritar, esse grupo formado em torno de *Reunião* (Ênio Silveira, Nelson Werneck Sodré, Flávio Rangel, Joaquim Ignacio Cardoso, Paulo Francis, Alex Vianny, Antônio Callado, Márcio Moreira Alves e outros), já sendo alternativo em termos de imprensa, quis ser alternativo na rua — e foi mesmo para a rua, fazer um protesto contra o governo durante reunião da OEA no Hotel Glória.

Fomos sumariamente jogados num velho camburão que nos despejou no quartel da PE na rua Barão de Mesquita, endereço que se tornaria um dos emblemas da repressão. A imprensa bem-comportada chamou-nos de vulgares arruaceiros. No grupo estava Glauber Rocha. Ele não havia participado dos preparativos que tornaram possível a modesta manifestação. Fora à editora tratar de um assunto pessoal, estava começando a montagem da produção de *Terra em transe,* soube que haveria aquela arruaça contra o regime e lá foi, por curiosidade. Quando viu a polícia baixar o sarrafo em amigos seus, apresentou-se voluntariamente como manifestante e como tal foi encanado.

O oficial de dia chamou-nos aos pares, ele e eu fomos os primeiros a ser fichados. A inspeção preliminar consistiu num vexame. Ficamos nus, segurando nossas roupas e sapatos, em posição de sentido. Essa cerimônia — segundo me explicaram depois — ajudava a desmoronar o que restava do moral dos presos. Ainda estávamos nus, olhando um para o outro e sendo examinados pelo oficial de dia, quando o telefone tocou. Era alguém do Ministério da Justiça recomendando que tivéssemos um tratamento diferenciado dos demais prisioneiros. Os outros presos foram dispensados da cerimônia.

Preenchidos os formulários, Glauber foi o primeiro a entrar na cela escura que nos destinaram. Vi-o sumir na escuridão, arrastando seus trecos, baixinho, cabeludo e nu. Depois foi a minha vez. Não sabia o que nos esperava e me senti desconfortável na escuridão de um aposento que desconhecia. Era uma volta ao nada, ao absoluto nada da condição humana. Mas ouvi a voz de Glauber, tranquila, sensata — ele que nunca era tranquilo e sensato. Pediu que tomasse cuidado com uns colchões em frente à porta e nos quais esbarrara, caíra e machucara o joelho.

Aquela voz firme e solidária ficou em mim, ainda a ouço, em alguns trancos da vida. Depois aconteceram outras coisas, Glauber elogiou Golbery e Geisel, abraçou Figueiredo em Lisboa, falava em ser ministro da Cultura. Mudou quem? Mudamos todos. Ao contrário do que aconselhavam os antigos, as esquerdas se habituaram primeiro a filosofar, depois a viver. *Primum philosophare, deinde vivere.*

Glauber era considerado de esquerda. Com um cinema altamente politizado, demente até a genialidade e gênio até a demência, ele quis fazer e cortar cabeças, ou "cabezas", como gostava de escrever. Continuou o mesmo, sem saber dirigir automóvel, desempregado crônico, fazendo filmes cada vez mais complicados e menos assistíveis.

O Brasil de 1997 é, em muitos sentidos, o filme certinho que Glauber sempre se recusou a fazer. Tem bom acabamento exterior, mas é bastante confuso nas entranhas. O Paulo Francis devia ter razão quando falou na falência das esquerdas, anos antes da queda do Muro de Berlim. Vivemos um tempo de "cabezas" que não foram cortadas mas estão cada vez mais trocadas.

Loucuras do milênio

Nunca me entusiasmei pelas retrospectivas. Acho que foram inventadas pelos editores de segundos cadernos para compensar a falta de assunto dos fins de ano, quando todos estão em outra e a taxa de leitura dos jornais e revistas diminui.

Evidente que também apelei para o recurso, ao tempo em que fui editor. Ia esquecendo: salas de cinema sem público também fazem retrospectivas em que são exibidos sempre os mesmos filmes.

Bem, numa crônica de fim de ano, seria natural que eu também fizesse minha retrospectiva particular. Mas não o farei. Contudo, confesso que já estou salivando por conta da grande retrospectiva do século. Sem falar na retrospectiva do milênio, essa, sim, vai dar briga de foice nos círculos especializados.

Quem será o homem do milênio? Nas escaramuças preliminares já falaram em são Francisco de Assis, Napoleão, Carlos Magno, Lutero e Colombo. Estranhamente, ninguém ainda falou em Tom Jobim ou em Fernanda Montenegro, que apesar de mulher mereceria uma citação obrigatória.

Confesso que não estou disposto a perder o que me resta de tempo para fazer a minha lista do ano, do século e muito menos do milênio. Pode parecer ignorância de minha parte — e o é com certeza —, mas não me identifico com esse século que está acabando. Muito menos com o milênio.

Há tempos, o Ruy Castro fez um livro sobre os mitos do século XX e quis saber minha opinião a respeito. Parodiei Groucho Marx e disse que não podia levar a sério o século em que vivo.

O mesmo poderia dizer a propósito do milênio. Não posso falar pelos outros, por todos os que nasceram e viveram nesses mil anos de história humana. Falo por mim mesmo. Olho-me no espelho — é o bastante para ficar sabendo que o milênio não prestou mesmo. Se prestasse, ou teria me feito melhor ou simplesmente não permitiria que eu existisse.

O espaço e o tempo

O tempo anda feio pelas nossas bandas. Não me refiro às misérias eleitorais, administrativas, sociais e esportivas, essas são permanentes e mais ou menos progressivas. Bem ou mal, elas se habituam com a gente ou nós nos habituamos com elas.

Refiro-me ao tempo mesmo, tempo-tempo, esse mistério que os serviços especializados tornaram insondável. Oficialmente, devíamos estar na primavera, "rainha das estações, lindas flores dás à terra e alegria aos corações" (é uma canção que minhas filhas cantavam, quando eram crianças).

Durante a Copa do Mundo, em Paris, uma colega reclamava que num só dia havia quatro estações: de manhã inverno, ao meio-dia verão, à tarde um pouco de primavera, à noite um outono digno de Verlaine.

Agora, aqui no Rio, estamos mais ou menos assim. Outro dia fui dar a volta na Lagoa e em pouco mais de hora e meia encarei as quatro estações. Saí de casa ovante, com um dia primaveril (vai lá esse primaveril), uma luz dourada brilhando sobre a água azulada da velha Sacopenapã — o nome primitivo desse local.

Na altura da curva do Calombo, peguei um vento que começava a soprar e a me dar arrepios. Envelheci subitamente e me senti outonal (para combinar com o primaveril aí de cima).

Mais adiante, perto do campo do Flamengo, o sol apareceu de novo, tirei a camisa, em menos de cem metros estava suando, cruzei com um homem gordo que se liquefazia dentro de um *jogging* comprado na Coreia. Apesar disso, continuei achando que é bom suar, como dizem os franceses. Fui em frente na manhã estival.

Ao passar pela Hípica, de onde vem um cheiro de cavalo e estrume, o sol desapareceu, tudo ficou cinza. Andei o último quilômetro enfrentando o inverno de minha desesperança.

No espaço de uma breve lagoa urbana, dera uma volta completa no tempo. O inverno começa a combinar comigo. Eu é que ainda não decidi se devo combinar com ele.

O homem que não gostava de mim

Durante a Copa do Mundo, em Paris, todas as manhãs, ia tomar café num bistrô que fica ao lado da Madeleine. Não era perto do hotel onde estava, em Montparnasse, mas me habituara a ele em temporadas antigas, ao tempo em que me hospedava num daqueles hotéis ao lado do Bedford, ou no próprio Bedford, onde morreu dom Pedro II e onde viveu durante algum tempo o maestro Heitor Villa-Lobos.

Nada me atraía naquele bistrô, cujo nome nunca tive interesse em guardar. Nem mesmo o seu café, servido no balcão, que era o expresso comum sem nada de especial, bem inferior aos expressos italianos.

O que me seduzia no bistrô era o dono que ficava atrás do balcão, com um colete grená e uma gravata-borboleta na mesma cor. Era parecidíssimo com um amigo meu já falecido, o Moisés Weltman, que lançou a revista *Amiga*, foi braço direito nos inícios da carreira do Sílvio Santos, um homem fabuloso, criador nos tempos heroicos de um seriado de sucesso, *Jerônimo, herói do sertão*. Eu gostava dele, aprendi alguns macetes com sua extraordinária facilidade de separar o que se deve escrever e o que se deve deixar subentendido. Não seria exagero considerá-lo um mestre, além de excelente colega.

O dono do tal bistrô era tão parecido com o Moisés que eu ficava enfeitiçado, pasmo. Passava um tempão mexendo a colher no café e olhando para sua cara. Com os mesmos óculos e o mesmo jeito de olhar do Moisés, ele ficava chateado mas se reprimia. Por isso ou por aquilo, eu percebia que não gostava de mim.

Pagava o café antecipadamente, nunca botava a quantia exata no balcão, só para forçá-lo a trabalhar um pouco mais. Ele encarava com má vontade a moedinha de dez francos, levava um século para me dar o troco, fingia que se esquecia de mim para ver se eu me esquecia dele e dos trocados a que tinha direito.

Certa manhã, peguei o metrô, linha 12, fui tomar o café e o sujeito não estava lá. Juro que me senti roubado. Já me habituara a seus modos bruscos, sua má vontade em me servir, sua relutância em pingar no pires os míseros vinténs do meu troco. No lugar dele estava uma mulher, que devia ser a própria, ou seja, a esposa. Serviu-me com sorrisos, eu nem acabara de derreter aquele cubinho de açúcar no café quando ela me trouxe o troco. Nem parecia que eu havia pago um mísero expresso, mas saldado uma nota promissória da compra de todos os cafés de Paris.

Bem, o tempo passou, a Copa do Mundo foi perdida. No dia da final, pela manhã, encontrei-o um pouco excitado. Percebendo que eu não era francês, com a pinta escrachante de sul-americano subdesenvolvido, ele devia imaginar que estaria torcendo pelo Brasil, e aí foi que exagerou na má vontade em me servir o tal café.

Que por sinal estava com um gosto detestável. Acho que nem no palácio dos Bórgia serviam bebida tão amarga e envenenada. Bem verdade que nunca provei nada dos Bórgia, mas sempre ouvi dizer que eles serviam licores, vinhos e cafés devidamente incrementados para se verem livres dos desafetos, inclusive os de circunstância, que era mais ou menos o meu caso diante do sósia do Moisés Weltman.

Voltei agora a Paris e na primeira manhã fui tomar o café no bistrô do homem que não gostava de mim. Por Júpiter! Lá estava ele, um ano depois, atrás do mesmo balcão, só que pintara o cabelo e bigodes. Estava todo cor de cobre, um acaju meio claro que o tornava mais ridículo embora mais moço. Na realidade, estava meio grená, como o colete e a gravata-borboleta que continuavam os mesmos.

Fiquei tão indignado (ele passou a se parecer menos com o Moisés Weltman) que o olhei com raiva, coisa que nunca fizera antes. Talvez por isso, percebendo que eu o odiava, ele foi gentil, serviu-me com ostensiva polidez, aquela polidez quase ofensiva dos franceses. E parecendo que me temia, trouxe-me o troco na mesma hora, agradecendo a honra de eu estar ali, tomando o seu café.

A vingança — costumam dizer por aí — é um prato que se deve comer frio. Apesar de me lembrar disso, preferi tomar minha vingança quente mesmo. Deixei metade do café na xícara e saí furioso para a rua, deixando no ar aquela palavra de duas sílabas que os franceses tanto usam quando estão aborrecidos — o que é bastante frequente.

O cara me olhou perplexo, boquiaberto, os olhos redondos atrás das lentes, sem nada compreender. Da rua, ainda fiz um gesto de quem nunca mais iria pôr os pés naquele bistrô miserável.

E o homem que não gostava de mim lá ficou, olhando-me como um coelhinho agredido estupidamente por um desconhecido. E o pior não foi o que aconteceu com ele. Foi o que aconteceu comigo.

AI-5

Encostava o carro na garagem do prédio onde morava, no Leme, o desconhecido aproximou-se e me comunicou que o general-comandante da Região Militar desejava falar comigo.

A primeira reação foi estranhar o convite:

— A essa hora?

Eram 11h30 de 13 de dezembro de 1968.

O desconhecido disse que sim. Quatro outros desconhecidos rodearam o carro. Seria a terceira prisão de uma série de seis.

— Não tenho nada a falar com o general. Não o conheço nem ele me conhece. Deve haver algum engano — eu sabia que aquilo não adiantava, mas queria ganhar tempo para procurar entender o que estava acontecendo.

O desconhecido abriu a porta do carro e mudou o tom da voz:

— Vamos andando que o general tem pressa!

Uma Kombi saiu das entranhas da garagem, desde cedo estivera ali, à minha espera. Os quatro desconhecidos tinham armas na cintura, um deles exibia e apontava a pequena metralhadora:

— É melhor não complicar!

Perguntei se podia dar um pulo em casa, avisar a família, apanhar algumas coisas. Não. Que eu fosse inteligente e não criasse embaraços. Seria melhor para todos.

Na Kombi, enfiaram-me um capuz escuro que cheirava a suor e a saco de algum cereal não identificado. Quando o tiraram, meia hora depois, entrávamos no enorme pátio de um quartel. O coronel se apresentou e pediu desculpa pelas instalações. Um aspirante conduziu-me à cela. Com entusiasmo, o rapaz, quase uma criança, comunicou que naquela noite seriam fuzilados Juscelino Kubitschek, Carlos Lacerda e mais uma porção de gente.

— Tem um cara lá na cela esperando por você.

A cela era grande, fracamente iluminada. Num catre, com febre de 39 graus, Joel Silveira fez uma pergunta que já era uma resposta:

— O que estamos fazendo aqui?

Grande cena de um sábado na Lagoa

"É terminantemente proibido estacionar carros em cima da ca..." O sujeito passara a manhã desenhando o aviso em forma de cartaz. É síndico de um edifício na Lagoa e deseja proibir alguma coisa. O letreiro era a solução. Síndico na vida do edifício e dono de uma relojoaria na vida em geral, não tem bossa nem prática no desenho: abrira uma lata de tinta vermelha, calculara mal o tamanho das letras, não visualizara o espaço de que dispunha e aí estava, a cartolina branca que mandara o porteiro comprar era pequena para conter tamanha proibição.

Olho por cima do sindical ombro e procuro adivinhar o que está em vias de ser proibido de forma tão terminante. É terminantemente proibido guardar carros em cima da cama? Em cima da casa? Da camisa? Da cadeira? Da cabeça? Nenhuma frase faz sentido.

Até que o compenetrado síndico e improvisado pintor consegue encaixar mais uma letra, um ele: "É terminantemente proibido guardar carros em cima da cal..." Não terminou sequer de desenhar o L. Perde a paciência e joga ao chão a obra de toda uma manhã. Mete a mão no bolso:

— Vá depressa comprar outra cartolina. A maior que tiver.

Os porteiros, que servem a todos os moradores com dedicação e filial afeto, têm um jeito específico de servir ao síndico. Não, não chegam a ser escravos. Mas a rapidez com que o porteiro se precipita à rua para desempenhar a missão é exagerada. E mais exagerada é sua eficiência. Em menos de cinco minutos está de volta com uma cartolina do tamanho de um cinerama.

— Essa dá?

A pergunta é feita sem maldade, mesmo assim o síndico não a aprecia, responde com má vontade:

— Isso é comigo! Vá limpar os tapetes do elevador de serviço, alguém derramou açúcar, pode dar baratas!

E depois, percebendo que fora rude com o porteiro, diz para ele e para si mesmo:

— Bom, fazendo as letras menores, acho que cabe tudo.

E está coçando a cabeça quando se vira e dá com a minha cara inarredável e curiosa. Devo esclarecer que minhas relações com os síndicos nunca são boas. Há diferenças antigas e recentes que estragam qualquer boa vontade entre síndico e sindicado. Não nos esfolamos vivos nem mortos, mas praticamos uma cortesia frugal que é quase um insulto.

Pois o síndico dá com a minha cara e fica furioso. Penso que é pelo fato de eu ter testemunhado seu fracasso como pintor. Faço ar condescendente e tento consolá-lo.

— Eu também sou uma miséria em pintura... mas se o senhor eliminar o advérbio de modo talvez dê...

O síndico fica alarmado, olha para o cartaz como se nele houvesse um cadáver inexplicado, alguma coisa abominável. Com que então ali havia um advérbio de modo e ele não sabia! Resolvo ser mais explícito:

— Se o senhor tirar o "terminantemente" talvez dê para completar a frase...

Como a melhor defesa é o ataque, ele se volta contra mim:

— O senhor sabe para quem é o cartaz? Sabe quem não respeita a calçada? Quem deixa o carro em qualquer canto?

Até então eu não pensara nisso. Sabia que era um cartaz proibindo, terminantemente, que se estacionassem carros em cima da cal. Hipoteco-lhe minha solidariedade:

— Esses calhordas deixam o carro em qualquer lugar, não respeitam nem a entrada do edifício...

A cara do síndico é uma mistura de pasmo e revolta:

— Mas quem deixa um carro verde aqui em cima? De quem é essa mancha de óleo no piso de azulejos? Quem foi que ontem deixou o carro impedindo a porta da garagem?

Só então percebo que o cartaz é contra mim e contra a minha humilde viatura. Por incúria, por falta de educação comunitária, obrigara um abnegado síndico, homem habituado a joias de ouro e a relógios finos, a gastar a manhã com uma cartolina insuficiente e com uma tinta ordinária que lhe sujara os dedos. Não satisfeito, eu perturbara sua paz moral com aquela ideia de eliminar um advérbio de modo, como se pedisse a ele que matasse um inseto monstruoso que houvesse pousado em sua autoridade.

Era demais. Mas também não é de meus hábitos levar desaforo para casa. Precisava lavar minha honra enxovalhada e, de quebra, a honra de minha viatura antes que ele, invocando a convenção do condomínio, me obrigasse a lavar a mancha de óleo do chão.

— E quem é que tem um *pit-bull* deste tamanho que já mordeu o carteiro e late a noite toda?

Era ele. O regulamento do edifício proíbe (também terminantemente) que "se guardassem ou se retivessem animais domésticos que perturbem a paz e o silêncio dos demais moradores". E pelo jeito que o cão do síndico costuma latir, é generalizada a dúvida de que se trata de um animal doméstico.

Quites, cruzamos um olhar de ódio e impotência. Lá de cima, das áreas de serviço, desce um aroma de camarão frito, um cheiro bom de sábado e de sol.

Dos festivos festivais dos festejados

Você está quieto no seu canto, tratando da própria vida que não anda nada quieta, de repente o telefone toca. É o Barbosa, lembra-se? Ele não se lembra mas diz que sim, como vai, como vão as coisas? Barbosa leu seus livros e gostou. Além de leitor entusiasmado, Barbosa é agora relações-públicas de uma associação e está promovendo um festival, exige a sua presença, "para abrilhantar" o evento. Você pondera que o brilho é pouco e a amolação é muita, Barbosa enumera as vantagens: avião de ida e volta, hotel de primeira, mordomia total, mulheres boas em volta da piscina e a possibilidade de uma invasão de incautos em busca de seus livros e de seu autógrafo.

— Vou pensar... tenho compromissos... liga mais tarde...

Barbosa desconfia que não agradou, no dia seguinte surge de corpo presente, mostra a fotografia do interior do avião, é do governador ou do presidente de uma empresa que patrocina as artes e as culturas em geral, cabine pressurizada, 890 quilômetros por hora, aeromoça de pernas esculturais.

E mais: a Sociedade de Fomento da Agropecuária dispõe-se a comprar uma remessa parruda de suas obras. Pode levar a mulher, seja ela qual for. E tudo sem gastar tostão, em nome do desenvolvimento espiritual e cívico do lugar, incluindo adjacências.

Faz a mala, telefona para o editor para saber se não há blefe, o editor confirma, mandou todo o encalhe daquela edição. Papo firme, com direito até a cachê. Pode ir sem susto, muita gente boa também vai.

Toma lugar na popa do avião, as estatísticas confirmam, é o lugar mais seguro. Seguro contra os acidentes, não contra os chatos. Ao lado dele senta o autor de um ensaio sobre Tobias Barreto, um paraibano desinibido que diz palavrão em voz alta, injuria as autoridades constituídas, na hora da decolagem proclama que aquele troço pode cair, está trepidando muito, faz um trocadilho infame com o Santo Nome de Deus e declara que para ele está tudo bem, não gosta da vida, já viveu o suficiente e quer que todo mundo se dane.

"É agora que esse troço cai!", pensa.

O avião não cai e o chato resolve dormir. Ronca, fazendo rosquinhas quando o ar passa pela tubulação que vem dos pulmões encharcados de nicotina. A aeromoça não tem pernas esculturais, nem tem pernas. Na verdade, nem tem aeromoça. Tem um sujeito barbudo que volta e meia oferece café, biscoitos dormidos e balas. Mas o letreiro acende e ele aperta o cinto. Olha e vê a cidade lá embaixo, sedenta de cultura. Pois lá vai ele.

Para consolo, não vai só. Vai com outros pilares da cultura pátria, que o editor considerou "gente boa". Há comissão de recepção à espera.

— O senhor é o Luis Fernando Verissimo?

— Não. O Verissimo vem no outro avião.

O hotel é bom, excelentes tapetes, elevador inteligente, bar sortido. Do apartamento, a vista da piscina é tentadora: um corpo de mulher nada molemente na água azul e iluminada. Tem uma cesta de frutas locais embrulhadas num celofane dificílimo de abrir, o cartão do prefeito lhe dá boas-vindas e convida para visitar as obras de uma estrada que ele prometeu ao eleitorado e não fez, como os outros prefeitos que prometeram e nada fizeram.

Sem ele pedir, o garçom traz chá, torradas e uma geleia que parece mistura de goiabada com atum. Seja o que Deus quiser. Ele faz a barba.

"Preciso estar simpático para os autógrafos."

Nem mesmo que esfolasse a cara ficaria simpático. Talvez com uma barba austera impressionasse o eleitorado. Mas na hora do festival chove e o eleitorado é ralo e desconfiado. Tem vontade de mandar todo mundo embora, mas nem há todo mundo para mandar embora. Apesar de tudo, forma-se uma fila diante de sua mesinha, dá e recebe autógrafos, um poeta da região traz suas obras completas, editadas pelo Rotary Clube local, faz questão de ler o prefácio que o Austregésilo de Athayde fez para seu livro de estreia.

No dia seguinte, ao entregar a chave na portaria, aparecem os retardatários que ainda querem livros.

— Qual o senhor acha melhor?

A pergunta é imbecil, mas a resposta é sábia:

— Qualquer um.

O sujeito demora com a mão num volume, passa para outro, na hora compra um terceiro. Tira a caneta para o autógrafo.

— Qual é o seu nome?

— Válter.

— Com W ou sem W?

— Com W.

O Válter com w leva o livro e o cordial abraço da dedicatória. A hora de ir embora chega finalmente. Perderam sua mala, onde está meu paletó, tem ou não tem vaga nesta droga? Nunca mais me meto noutra, mas onde está minha mala?

Surge bruscamente não a mala, mas o Válter com W. Veio se despedir. Até a volta, um dia desses apareço lá no Rio, por que não um jantar?

É o último a entrar no avião. Na pista, inarredável, o Válter com w faz um ar inteligente:

— O que o senhor acha do Merleau-Ponty?

A casa e o mundo

Não apenas na família brasileira, mas na sociedade em geral, o comportamento da humanidade encontrou nos anos 40 uma espécie de praia na qual muitos morreriam e outros se salvariam — salvação aparente porque o ideal de felicidade pretendido não seria alcançado nas décadas seguintes.

A quarta década do século foi atípica. Até a metade, ou seja, até 1945, havia a Segunda Guerra Mundial que a prendia a valores e compromissos dos anos 30. Na outra metade, não se sabia ao certo o que podia representar o pacote trazido pela paz: a coca-cola, a matéria plástica, "Moonlight Serenade", os cigarros com filtro e os filmes da Atlântida. Juntando tudo, boa coisa não podia ser.

Não havia a pílula e o coito interfemoral era o maior quebra-galho nas relações entre os sexos. Até casais formalizados na igreja e na pretoria o praticavam nos dias de fertilidade da mulher — já havia a tendência de evitar prole indesejada. Os pais iniciavam uma discreta tentativa de diálogo com os filhos, sobretudo para que evitassem dívidas e moléstias venéreas.

O advento da penicilina, no final da década, parecia resgatar o meretrício onde os jovens se iniciavam — as jovens ainda mantinham a virgindade até certo ponto. Contudo, se aparecessem grávidas, os pais não mais as expulsavam de casa.

A beleza não era fundamental. Um candidato presidencial solteiro e bonito (Eduardo Gomes) foi derrotado por um dos homens mais feios do planeta (Dutra). O jovem precisava demonstrar que tinha um futuro. E a jovem, uma eficiência corporal que incluía o hímen intacto e as coxas pródigas.

Por falar em futuro: era importante pra burro. No início da década, Stefan Zweig escreveria um livro remetendo o Brasil para lá. As urgências eram lerdas e fragmentadas, não havia o "aqui e agora". Dentro de casa, sem TV e sem ar-refrigerado, a família continuava unida e reunida mais ou menos por falta de alternativas. Todos se toleravam e — o que era extraordinário — às vezes se amavam.

Os filhos exigiam pouco dos pais, mas ficavam putos da vida quando descobriam que um dos dois traía o outro. Os pais tinham a mania de se apresentarem aos filhos como sobreviventes de uma idade de ouro, resumida na expressão "no meu tempo". O conflito de gerações chegava a níveis insuportáveis nas pequeninas discussões do cotidiano: qual a melhor orquestra, a de Tommy Dorsey ou a de Francisco Canaro (cuja orquestra atendia pela alcunha de "typica"); qual a melhor estação de águas, Caxambu ou São Lourenço. Briga mesmo, só saía quando um filho dizia palavrão na presença da mãe ou da irmã.

Ninguém sabia então, mas a família preparava-se para sofrer um golpe mortal com o advento da TV nos primeiros anos da década seguinte. Trêmula e prateada, a telinha trouxe um estranho para dentro de casa: o mundo. De início, um hóspede cordial e divertido. Mais tarde, um dono cruel e chato.

Uma valsa no início da noite

O primeiro rádio foi um sucesso: um Pilot de seis válvulas, numa caixa de madeira em forma de janela gótica. O tecido que protegia o alto-falante era de um grená profundo, aveludado, coava luxuriosamente a voz de Chico Alves e Mário Reis, os agudos de Vicente Celestino.

O pai saíra para trabalhar e deixara tudo pronto. Era só ligar o fio na tomada da parede e ele funcionaria na estação que minha mãe escolhera e no volume desejado.

No final da tarde, esquecidos de que o fio ficara desligado, apertamos o botão encimado pelas cabalísticas palavras *on* e *off*. Esperamos a luzinha vermelha que devia se acender.

Não acendeu. Apertamos o botão de novo, na terceira tentativa cheguei a ouvir um estalo dentro da caixa mágica. "Agora vai!" Não foi.

Convocamos o vizinho, um sujeito que se chamava Ângelo, passava o dia todo de pijama, sentado numa cadeira de vime, na calçada em frente. Ele foi buscar os óculos, veio mexer no botão fatídico, deu palmadas na parte de trás do rádio, declarou que o aparelho enguiçara — e voltou para a sua cadeira de vime na calçada.

Foi com ódio que ouvi os rádios vizinhos serem ligados, a voz de Gastão Formenti varar o ar fino da Boca do Mato, no sucesso do momento: "Folhas ao vento... assim o destino nos separou..."

Excitado por ter um rádio à sua espera, o pai chegou mais cedo naquela noite. Acabávamos de jantar e ouvimos o barulho que ele fazia ao abrir o portão do jardim. Corri para ele e denunciei o mau comportamento do Pilot.

— O rádio não funcionou! Seu Ângelo disse que está enguiçado!

O pai não gostava de seu Ângelo, cismava com o pijama dele, a cadeira de vime na calçada, a disponibilidade de tempo que o vizinho exibia acintosamente. Chamava-o de "parasita social", brigavam por causa de selos que ambos colecionavam e nunca se entendiam sobre política.

— Não quero que chamem aquele integralista para nada! É um fascista!

Diante do rádio, o pai examinou se havia algum vestígio da intromissão do vizinho. Na dúvida, passou o lenço pela madeira envernizada do aparelho, a fim de exorcizá-lo de qualquer influência nefasta. Depois perguntou se nós havíamos ligado direito. Eu disse que sim. Minha mãe confirmou e apontou o botão fatal.

O pai estava tenso até então. Quando percebeu que não o ligáramos na tomada, relaxou e riu. Com a perícia do mágico que quebra um ovo e do ovo surge uma pomba, ele afastou o aparelho da parede, pegou o fio que pendia inútil e esquecido, ligou-o — e, maravilhosamente, o som de uma valsa vienense encheu a nossa sala, a nossa noite, a nossa alegria.

Foi esse o meu primeiro trombo com os aparelhos que se ligam às tomadas elétricas, com aquilo que, com algum exagero, poderia chamar de "tecnologia de ponta". Daí para cá, seguiu-se o longo desfilar de escaramuças e prejuízos, incluindo geladeiras, barbeadores, ares-refrigerados, gravadores, aparelhos de som, facas elétricas — agravados pelo advento da era eletrônica que entupiu meu cotidiano com micro-ondas, vídeos a serem programados, fax, o diabo.

Bem ou mal, ia levando até que vi, entronizado como ponta de lança inimiga na minha cidadela, o primeiro computador.

Chegara o momento da verdade. A geração de jornalistas que me antecedera fora marginalizada pela máquina de escrever. O pai pertencera a essa turma, nunca se adaptara, chegava a catar milho mas — segundo suas próprias palavras — ficava oco, "sei onde estão as letras mas não sei o que fazer com elas".

Agora era a minha vez. Ou decifrava a Esfinge eletrônica ou por ela seria devorado. A princípio, julguei-me desgraçado. Afinal, bem podia ter pendurado minhas chuteiras sem necessidade de encarar um desafio para o qual estava despreparado. A lembrança do Pilot enguiçado, seu Ângelo de pijama dando palmadinhas no nosso rádio, foram as imagens que me perseguiram quando vieram instalar um computador em minha sala.

Os homens entraram com a cangalha ainda encaixotada, recebi-os como Anjos Exterminadores, anunciando que minha hora chegara. Lembrava o pai enfrentando uma Olivetti contemporânea do naufrágio do *Titanic*: não adiantava saber onde estavam as letras, o importante era saber o que fazer com elas.

Logo descobri que o computador podia funcionar como uma simples máquina de escrever, apenas bem mais dotada. Depois de um jejum de 23 anos, em menos de um mês desovei um quase romance e logo em seguida um outro e depois um terceiro. Minha tecnofobia continua em alta, cultivo um pacto mortal com aparelhos sofisticados mas, também, que diabo, não sou idiota a ponto de recusar a evidência.

Contudo, cada vez que ligo o computador, nunca esqueço de olhar o fio da tomada. Espero que a luzinha verde do transformador se acenda — nem tenho mais seu Ângelo à minha disposição, com seu pijama e sua cadeira de vime na calçada, para vir dar palmadinhas no meu já superado 486. Cumprido o fundamental, tenho a certeza de que novamente uma valsa vienense inundará meu espaço e alegrará a minha noite.

“Não, Lourenço, sou inocente, juro-to!...” (I)

Ano passado, contei aqui neste canto as aventuras e desventuras de uma condessa surpreendida com um frade em equívoca situação, daí que foi largada pelo marido em cima de uma fogueira. Deixei-a com as chamas purificadoras lambendo-lhe as lascivas carnes, enquanto o conde partia para as Cruzadas a fim de resgatar os Santos Lugares. Mais não contei porque o livro estava desfolhado e faltava-lhe a parte final.

Para compensar, semanas após contei a história da dogaressa, cujas bodas foram cantadas em versos, “soluçam febris os violinos”. Não sei se prometi contar mais e melhor sobre essas bodas. Por ora, devo responder ao leitor que me escreveu estranhando a palavra “bucentauro”.

Não se trata de palavrão nem sinônimo de região pudenda. Só é sinônimo de si mesmo. Tampouco é invenção minha. Está dicionarizada pelo mestre Aurélio, existe mesmo.

Quando o doge se casava, ia pelo Grande Canal até o Adriático, a fim de jogar seu anel nas águas. Era o símbolo do casamento entre a Veneza dos mercadores e o mar que abria, para a Sereníssima República, o caminho para as fantásticas rotas do mundo.

O bucentauro somente funcionava nas cerimônias esponsais e havia até um funcionário pago para prever as marés que lhe facilitassem o ofício. Se o camarada bobeasse e as ondas ficassem ferozes, o bucentauro rolava. Um doge paramentado ia para o fundo do Adriático e a dogaressa ficava viúva antes mesmo de ser dogaressa.

Eis que algum abnegado, sabendo-me curtidor de literatura tão sadia quão emocionante, enviou-me por sedex o primeiro fascículo de um folhetim intitulado O *sedutor maldito*. É um opúsculo pequeno, cheirando a naftalina. O remetente garante que haverá outros, ele deseja manter a periodicidade mensal com que o avô dele os recebia.

Deleito-me com o primeiro. Diz a introdução que juntando-se todos os fascículos, ao final da coleção pode-se ganhar valiosos brindes — e as primeiras páginas são dedicadas a esses brindes: um colar de pérolas, uma "caneta estilográphica", um "sonoro e magnífico violão", um "soberbo estojo Valet, a afamada navalha das cem barbas" — brinde que revela o interesse masculino pelos dramas narrados.

Não eram apenas as mulheres que liam esses folhetins. Homens barbados emocionavam-se com o romance e com a esperança de ganhar a navalha das cem barbas.

Mas antes de entrarmos no livro propriamente dito, há a capa. A editora do folhetim promete "impressão primorosa em magnífico papel (aliás, tudo ali é magnífico), com capa lindamente colorida, assinada por ilustre mestre da paleta nacional".

Pois esse ancestral do Victor Burton dá-nos, nesta primeira capa, uma antevisão do drama: num adamascado leito, Flora, com as carnes saciadas que o véu diáfano mal esconde, está reclinada em coxins de seda. Seu rosto revela agonia e dor. Ao lado, terrível e rude, está o conde de Monteroxo, que não está de roxo mas de azul.

Com um olhar formidável, letal, o conde esculhamba solenemente a mulher, que pelo visto é a dele mesmo. Mais ao fundo, embuçado pelo reposteiro vermelho com franjas douradas, há o vulto nefando de um homem. Pela leitura do primeiro fascículo, este homem abominável ainda não entrou em cena, mas tudo leva a crer que em breve entrará, e como!

A situação é dramática: houve um casamento fracassado por artimanhas de Sara, irmã de Flora. Ficamos sabendo que Flora não podia casar por causa de uma "grave falta" — falta esta que faz falta no folhetim, pelo menos neste primeiro fascículo. Espero que tão grave falta seja sanada num próximo e revelador capítulo.

Sara acaba casando com o noivo de Flora. Há um baile de máscaras, Flora vai de colombina, deixando antever "a maciez ebúrnea de seu colo". O conde de Monteroxo vai de pierrô, branco, com pompons grená. (Fui ao dicionário saber o que era "ebúrnea", não era o que pensava mas deixa pra lá.)

No melhor da festa, quando "todos valsavam loucamente", um misterioso personagem, fantasiado de "ave-do-paraíso", deixa na mão do pierrô uma carta anônima, que no fascículo não é anônima, mas "anonyma", o que torna a carta mais eficiente.

Como todas as cartas anônimas ou anonymas que se prezam, essa carta contém uma infâmia. Monteroxo acredita na carta e na infâmia. Arrebata a noiva e a leva ao quarto mais secreto do palácio:

— Desgraçada! Exijo que fales!

— Não, Lourenço, sou inocente... juro-to!

Neste justo momento, sai um homem de dentro de um armário. O pierrô ficou "cadavérico" de raiva. O que não é vantagem, qualquer um ficaria. Principalmente depois daquele pronome que não sei se está corretamente usado, o "juro-to" que ficou aí em cima. Mas aí acaba o primeiro fascículo. Vou esperar pelo segundo. Há grossa bandalheira à vista.

Recua, biltre, com esta mão imunda! (II)

Conforme esperava, recebi outro fascículo que me parece ser a continuação de um folhetim, *O sedutor maldito*, cujo início contei semana passada, na matéria que tinha como título "Não, Lourenço, sou inocente, juro-to!".

Infelizmente, não veio com indicação de ser o segundo, terceiro ou centésimo capítulo, daí que deve haver alguns furos na narrativa. Mas a história em si é tão densa que parece nada faltar — como nessas entrevistas com ministros na TV, em que a gente ouve um pedaço, muda de canal, assiste a um filme, a um jogo de futebol, e passa novamente pelo ministro que continua falando. A impressão é que não perdemos nada.

Daí que sendo o segundo ou milésimo fascículo, nada se perde da ação. Monteroxo surpreende Flora, sua noiva, leva-a à alcova, onde, além do leito, há um armário. Nesse tipo de literatura, o armário é indispensável. Dele sai um homem que ali se escondera com intenções tão inconfessáveis que nem mesmo ele confessa seu verdadeiro nome.

Deixamos Monteroxo vestido de pierrô, não roxo — como o nome dele poderia sugerir —, mas branco, com pompons grená, ao pé do adamascado leito de Flora, a qual protesta inocência, ao mesmo tempo que se revela uma ancestral do Jânio Quadros na mania de colocar os pronomes, "Não, Lourenço, sou inocente, juro-to!". Nesta justa hora, "ouviu-se um cavo rumor no armário" e de dentro dele saiu um camarada — fato que deixou Monteroxo "cadavérico de raiva".

Esperava mais detalhes no próximo fascículo, mas o que me chegou pelo correio faz uma elipse maior do que a de Kubrick em *2001*. No filme de Kubrick, um macaco joga o osso de outro macaco ao ar, esse osso se transforma numa cápsula espacial que se dirige às galáxias. É uma elipse de quatrocentos mil anos.

No caso do meu folhetim, a elipse deve ter passado por fatos bem mais interessantes ou pelo menos inexplicáveis. Retomamos a ação com Monteroxo vindo da igreja com Flora nos braços, casados e felizes para sempre. Flora está de véu e grinalda, donde se conclui que Monteroxo acreditou nos protestos de inocência da noiva.

Mas as forças do mal estão desencadeadas — e apesar de as forças serem fortes e apesar de estarem fortemente desencadeadas, cabem dentro do armário. (Eram mais sólidos os armários daquele tempo.)

Estamos naquilo que o autor chama de "prelúdios" da grande noite. O banquete contou com as mais finas iguarias, os vinhos mais capitosos. Quando todos foram embora, os recém-casados olharam--se e chegaram à mesma constatação:

— É hora, amor!

E sendo a hora, subiram os dois. Mas alguém havia subido antes: Sara, a diabólica irmã de Flora, que amava secretamente Monteroxo. Na melhor tradição das alcovas, escondeu-se dentro do armário. Que deve ser o mesmo e fatal armário que comparece no capítulo anterior.

Flora deitou-se em seu leito também adamascado, todos os leitos desses romances são adamascados. Espera ela que Monteroxo se apronte para "a cutilada final". Enquanto espera, fuma "tabacos turcos em piteira do mais fino lavor". Satisfeito com esta frase, o autor julga-se no dever de acrescentar: "É uma alcova de luxo asiático!"

Apesar do luxo asiático, apronta-se uma bandalheira bem ocidental naquela alcova. Monteroxo aproxima-se do leito. Flora empalidece vendo os lábios crispados do marido, o olhar de fogo, "a adaga pronta para o golpe fatal". Quando os braços se atiram "loucos", para o enlace definitivo, o armário rumoreja novamente.

— Ouço vozes! — exclama Flora estarrecida.

Apesar de se tratar de vozes, Monteroxo não quer saber de ouvir, prefere ver o que é. Quando se dirige para o armário, surge Sara repentinamente:

— Não, Lourenço, a tua suspeita é vil!

Monteroxo vai dizer que não estava suspeitando de porra nenhuma, mas a prudência o aconselha a suspeitar de alguma coisa.

— Exijo explicações!

Deixando a mulher no tal leito adamascado, Monteroxo vai com Sara para outro quarto, a fim de ouvir explicações. Em meio às quais, ele ouve gemidos suspeitos vindos de sua alcova. Corre para lá e vê um homem acariciando "a parte mais recôndita e saborosa de sua mulher".

Apoplético, espumando de indignação, brada:

— Recua, biltre, com esta mão imunda!

O biltre vai recuar com sua mão imunda, mas Flora dá um grito e desmaia. Sara surge e vendo o bode armado também desmaia. Monteroxo não desmaia mas fica sem saber se acode Sara no chão ou sua mulher na cama. Termina optando por Sara e a ergue nos braços. Só então repara que o intruso é um mascarado.

— Quem sois?

— Um Cavaleiro da Ordem Equestre!

Ambos são Cavaleiros da Ordem Equestre — acrescenta o autor — e equestremente resolvem se unir na desgraça e socorrer as mulheres desfalecidas. Enquanto isso, trocam-se olhares furibundos.

— Espero uma solução de cavalheiros!

— Um aperto de mão?

— Não. Um duelo!

— De floretes?

— De pistolas!

Como se nota, Monteroxo insiste em engrossar. O autor promete fortes e cruentas emoções no próximo fascículo.

Esperemos.

Os cabaceiros ou a história do cabaço no cangaço

Pois é. Tenho dito. Tudo aleivosia que abunda nesses cercados. Maisquenada. Foi assim mesmo, eu juro. Cumpadre Quemnheném não me deixa mentir, e mesmo que deixasse, eu mentia. Lorotas! Porra-louca no juízo dos povos além das Gerais! Menina Mágua Loura deu? Não deu. Era cabaço dos bons, duro como sebo de bezerra de três meses, mais encravado que unha de jagunço na hora da refrega. Cumpadre Quemnhenén é que sabia, sabença geral e nunca conferida, por quem? Desculpe o arroto mas tou de arofagia, que o doutor não cuidou no devido. Mágua Loura era a virge mais pulcra das Gerais. Como a Santa Mãe de Deus, Senhora dos Rosários, rogai por nós! Mas os homes, um tal de Zé Arves por primeiro, deitaram olho pulha nas graças de Mágua Loura e juraram pelo Demo, no meio do reDEMOinho, naquele cruzeiro que o vigário Eustaco, de Cruz d'Almas, mandou fincar pros jagunços fazer persignação no perigo. Mágua Loura vivia pulcra e alacre, gerindo a passarinhada que gostava dela. Por Deus, parecia milagre! Sanhaços e xexéus, caga-sebinhos malnascidos catavam em seu colo, cumpadre Quemnheném não me deixa mentir, assim foi. E feito. Te esconjuro: cumpadre Quemnheném é que sabe, meteu a mão lá e comprovou. Cabaço sagrado e jurado pelo Eterno, Pai de Todos, Nosso Senhor, fura-bolos. Pois: furaram o bolo e comeram o doce, cumpadre Quemnheném conferiu com iníqua mão e lambeu os dedos. Coronel Zerbedelo du Querque Cavalcanti também meteu a mão, pra conferença final e irretorquível, e mais: vigário Eustaco de forma igual meteu inxerida mão e Mágua Loura gemeu. Cabaço legítimo, sim senhor, eu juro. Foi daí que seu Joãozinho Quemquém jurou vingança pra lavar pudonor da filha. Pegou do baio e partiu com o *parabellum* no enviesado dos peitos. Bebeu légua e bem leguado estava quando avistou o referido Zé Arves, cognome Bago Duro, cujo petrecho regalava a provada fama de grande e venerável. Mulherada gostava, e até mesmo o Quimsinho, nascido do Coronel du Querque Cavalcanti, também apreciava, que deupratodos, era dado a coisas tais. De semelhança, Zé Arves tinha glória de ser lambido por dona Inocença, mulher do alcaide de Amendoim dos Fortes, um mundéu cruzado no Araguaia em meio, digo melhor, e fica dito. Putamerda! Muita sacanagem na safadeza desses sertões! O Senhor Cristo sabe tudo! E cumpadre Quemnheném também! Coisadura igual nunca se viu. Um doutor veio pagar pra Zé Arves levar o seu pra regalo das fêmeas de *urbs* e metrópoles. Antes fosse! Pois seu Joãozinho Quemquém entocou Zé Arves nos barrancos de Lebeleu, o arroio que o finado coronel Quirimun profanou com a diarreia das tripas após carne de sol que ingeriu no mau jeito — Deus é maior! Foi seu Joãozinho Quemquém chegar e Zé Arves rojou-se ao pés e proclamou inocença toda. Seu Quemquém tirou o *parabellum* e apontou: "Que foi feito do cabaço da Mágua Loura?" Zé Arves pressentiu que ia pagar pelo mal não feito. "Foi o Doutor Sarapião que manducou sua menina-filha!" O *parabellum* fez pum, pum, pum, Zé Arves entrou no estertorado da dor, clamava inocença, por Deus, todo mundo nas Gerais atesta. Mas seu Joãozinho

Quemquém pediu mais sustância do tal doutor Sarapião. Zé Arves — Jesus e Santa Maria tomem conta dele! — deu detalhes: doutor Sarapião arrombara o mulherio de muitas léguas ao redor, Mágua Loura inclusa, pro gasto. Seu Joãozinho Quemnhenhém assistiu ao apagar de Zé Arves, descobriu o elevado da cabeça e orou pela alma que não mais, para sempre. Posto o que partiu, o *parabellum* no enviesado do peito, e a vontade de perquirir Mágua Loura "quem foi, sua barregã das Gerais!". Dias depois — cumpadre Quemnheném afiança que durou mais de mês — seu Joãozinho Quemquém destocou doutor Sarapião, prestes a fazer serviço em outra virge, Lúcia Bom de Cheiro, filha de Taviano d'Afonseca, de cabaço comprovado e louvado pelo vigário Eustaco do púlpito. Doutor Sarapião estava de calças cambadas, no meio do mato. Cumpadre Quemnheném garante que Sarapião justo perdeu de todo a vontade do malsucedido que ia suceder e jurou pela sabença dele que não havia provado de Mágua Loura. Também, de sua obrigação, Lúcia Bom de Cheiro pediu clemença, que era moça do direito, vigário Eustaco atestava. Mas seu Joãozinho Quemquém no inflexível avisou: "Sou o *parabellum* de Deus!" E pum, pum, pum, pum. Doutor Sarapião mais não disse pois não disse nada, nem podia. Morreu de calças arriadas no engrovinhado dos tornozelos. Lúcia Bom de Cheiro clamou pela alma da Senhora da Assunção, madrinha dela, que seu Joãozinho tivesse piedade. E — cumpadre Quemnheném não me deixa mentir, quê que o senhor tá pensando? — aprontou pontaria entre as pernas de Lúcia Bom de Cheiro, que no afobado das circunstâncias continuavam escancaradas, para o doutor Sarapião fazer o que não foi feito. E foi assim que — em todas as Gerais se sabe — Lúcia Bom de Cheiro perdeu o cabaço. "Seja Deus louvado!", murmurou seu Joãozinho Quemquém. Do alto dos buritis, o céu aquiesceu. Travessia.

O grande artista que o mundo perdeu

Aos 17 anos, só pensava em poesia, música e dança. Acreditava-se um artista e acreditou nisso até o fim, quando pediu a um de seus escravos que lhe metesse um punhal na garganta. Tinha então 31 anos, um a mais do que o habitual para ser confiável aos jovens da época.

Odiava a guerra, detestava a política, desdenhava as futricas palacianas de sua família. Tantas e tamanhas essas futricas, que o fizeram, com pouco mais de 16 anos, imperador de Roma. De certa forma, imperador do mundo e dos homens que nele viviam.

Quatorze anos depois, escorraçado, amaldiçoado por todos, foi obrigado a fugir. Encurralado, com repugnância de cometer qualquer violência contra si mesmo, pediu ao escravo que o matasse mas não o desfigurasse no rosto. Consta que pronunciou a frase que ficou sendo um epitáfio e um ridículo: "Que grande artista o mundo vai perder!"

Sim, foi um artista, ao gosto de sua época e de seu próprio gosto. Ficou em aberto a qualidade de sua arte, faltam-nos elementos para julgá-la. Seus poemas são medíocres, seus cantos e sua voz não foram gravados. O depoimento dos contemporâneos é suspeito: todos o bajulavam ou o odiavam. Mesmo assim, há indícios de que sua voz era suave e sua habilidade na lira ou na cítara dava para o gasto.

Não promoveu campanhas enquanto imperador: tinha horror às guerras. Contudo, fez questão de participar, como simples menestrel, nos Jogos Olímpicos de 68, em Corinto. Poesia e canto eram modalidades olímpicas naquele tempo. Esse seria o seu único triunfo, o único que comemorou, mandando erguer um arco em homenagem a seu feito, tal como Tito, Vespasiano e Constantino haviam feito para perpetuar as batalhas que construíram a própria glória.

Apesar disso, não escapou do politicamente correto de seu tempo e lugar. Transou com a mãe, Agripina, a mulher mais bela e sensual de Roma, que atravessara e vencera a cólera de três imperadores (Tibério, Calígula e Cláudio). Mandou matá-la, depois, não porque tenha desgostado da transa, mas por motivos de Estado. E também mandou matar os dois mestres (Burro e Sêneca), aos quais dedicava um afeto de filho e uma admiração de pupilo.

Era piromaníaco: gostava de iluminar os jardins de sua casa com tochas humanas: mandava embeber escravos em petróleo, o cheiro não era lá essas coisas mas a luz era excelente.

Por essas e outras, foi considerado a encarnação do Anticristo. Primeiro imperador romano a colocar o cristianismo fora da lei, oficializou a perseguição aos seguidores de um tal de Crestus — que os romanos não sabiam exatamente quem era nem o que pregava.

A vingança veio mais tarde, mas veio. Os cristãos tomaram o poder e como vencedores escreveram a história. E a ele foi atribuído o incêndio de Roma. Era pouco. A tradição garante que ele aproveitou o espetáculo, subiu na torre mais alta de seu palácio, empunhou a cítara e teve seus melhores momentos de poeta e cantor. Dois mil anos depois, nenhum artista o superaria nesse *happening*.

Pudesse, ele não cantaria apenas a destruição da cidade dos Césares. Cantaria a própria destruição dos Césares, sendo ele um deles. Um monstro, sem dúvida, mas um esteta. Ninguém como ele desprezou o lado marcial do poder e o próprio poder. Usou de sua força para ampliar e melhorar a qualidade dos espetáculos do circo que tinha seu nome.

Benfeitor das artes e protetor dos artistas, favoreceu o teatro e os torneios de música e dança. A ele deve ser creditado o uso da cor para tornar mais atraente o show. O número mais atraente era duplo: enquanto um touro mantinha relações sexuais com uma jovem, do alto de uma torre jovens escravos se atiravam ao ar, nus, com asas de cera cobertas de penas de ganso — e se esborrachavam no chão, uns mais depressa que outros. Por mais que hoje nos pareça extraordinário, havia alguns que se sustinham no espaço mais tempo.

Suetônio garante que ele apreciava esse número final e teve a revolucionária ideia de levar duas enormes esmeraldas que colocava à frente dos olhos. Através do prisma esverdeado, o espetáculo ficava mais emocionante. Foi um ancestral do LSD: o imperador via a realidade com mais cor.

Tantas ele fez, tantas inventou e tantas deixou que outros fizessem com menos arte e criatividade, que aos 30 anos sentiu que não dava mais pé. Tentou negociar sua vida: renunciava ao império, a tudo, trocaria o poder por um cargo obscuro e malremunerado numas das províncias, na Hispânia, na Gália, em qualquer lugar bem longe do Fórum, do Capitólio.

Era impossível. Roma só conhecia dois tipos de imperador: o vivo e os mortos. Lucio Domizio Enobardi, mais conhecido como Nero, não teve coragem de se matar. Pediu que o escravo lhe metesse o punhal na garganta. O mundo perderia um grande artista, mas seu nome teria excelente serventia.

Cinco em dez cachorros de todo o mundo têm o seu nome. E com um pouco de boa vontade, corrigindo-se uma ou outra aberração mais própria de sua época e condição, ele poderia ser o patrono da juventude de todos os tempos e modos.

Comportamento sexual dos cosmonautas

Nascida pobre, aos 12 anos eu já tinha um padrinho rico que me dava balas, presentes e outras satisfações em troca da satisfação que eu lhe dava. Aos 18 anos quis um carro e o padrinho não podia me pagar este prazer — ou esta satisfação. Arranjei outro padrinho que além do carro me deu um apartamento em Nova York. Tornei-me prostituta sindicalizada, com cadastro nos serviços competentes, vacinada contra a blenorragia e contribuinte do imposto de renda.

Meu nome sofreu algumas alterações: de Cristina, passei a ser Rasputina, um dos meus padrinhos era um dissidente russo, falava muito num cara que tinha nome parecido com esse. Era então franzina e o nome me caía bem. Ao completar 21 anos, no apogeu da carreira, o nome foi mudado para Rasputana. Eu era então a puta mais escrachada da cidade.

Foi aí que o governo me convidou e eu tive de me apresentar em Cabo Canaveral, naquele troço de onde saem os foguetes que chegam à Lua. Um convite do governo não é uma ordem, mas quem desobedece fica mal perante as autoridades. E eu tenho de manter boas relações com todas as autoridades, não só por ser patriota mas também por ser prostituta.

Fretaram um avião onde couberam 244 putas dos mais variados tamanhos e feitios. Horas depois, fomos despejadas no centro de operações, onde nos informaram da situação. Mais cedo ou mais tarde seriam realizados voos demorados pelo espaço e os cosmonautas precisariam levar uma vida sexual normal. Havia alguns problemas técnicos a resolver. Na ausência da gravidade, por exemplo, a ereção era tão absoluta que ficava difícil a penetração e os espermatozoides teriam dificuldade em cumprir o percurso natural — eram detalhes especializados demais para interessarem uma prostituta bem-sucedida.

Fomos submetidas a complicados testes, que incluíam desde a capacidade de suportar altas pressões atmosféricas até a capacidade de suportar porrada de algum deles chegado a esse tipo de perversão. A escolha seria rigorosa pois somente uma de nós faria parte da tripulação do primeiro voo, que demoraria 36 meses. A eleita teria de satisfazer oito homens.

Das 244 putas que chegaram a Cabo Canaveral, somente 15 passaram nos testes e eu estava entre essas. Seríamos experimentadas pelos oito cosmonautas e uma votação indicaria a preferida.

A preferida foi Monica Lewinsky. Não que ela estivesse entre as 15, mas houve uma rebelião entre os cosmonautas. Eles protestaram contra os critérios oficiais, achavam que não seria decente andarem pelo cosmo com uma puta. Curioso é que Jacqueline Kennedy teve um voto. Havia um necrófilo na tripulação, e isso me encheu de pasmo. Cosmonauta necrófilo é difícil de ser contentado numa viagem de 36 meses pelas galáxias.

Explicaram aos rapazes que não podiam mandar Monica Lewinsky por motivos nebulosos, ela poderia ser detonada da Terra e aí a viagem iria literalmente para o espaço. Depois de algumas confusões fui comunicada que por motivos técnicos a escolhida seria eu mesma, e assim entrei na fase final dos preparativos.

Não sei como dar uma ideia do comportamento sexual dos cosmonautas. Em terra, eles são iguais a qualquer homem, mas dentro de uma nave espacial o negócio é mais complicado. Começa que a trepada não pode ser feita pelos meios normais. Basta este detalhe para se ver como é complexa a missão que me foi atribuída.

O negócio é feito à base de tubinhos de matéria plástica. Nos momentos determinados pelo Centro Espacial de Houston, eu tenho de tirar o tubinho de matéria plástica vermelha de dentro das calças do cosmonauta cuja luzinha amarela fica piscando. Cada cosmonauta leva na testa uma luzinha amarela que começa a piscar toda vez que um computador conectado ao pênis dele comece a funcionar.

Depois de apanhar o tubinho vermelho, tenho de fazer uma conexão com outro tubinho vermelho de um pequeno condensador de oito volts, ao qual eu ligarei o tubinho branco que sai de minha vagina. Depois disso, é só girar o botão do condensador, cuja gradação vai de 0 a 110.

A relação assim se consuma. O esperma do cosmonauta não será desperdiçado. No próprio condensador há uma pequena usina movida a energia solar. O esperma do cosmonauta ali depositado será transformado em pastilhas de PRD — uma substância que substitui o café. A bordo, ninguém tomará o café tradicional. As pastilhas farão o mesmo efeito, embora não tenham gosto nenhum, pois numa nave espacial, desde o esperma até o peru à Califórnia, tudo tem o mesmo gosto.

Meu maior cuidado é para não trocar os tubinhos. Se em vez do tubinho vermelho, eu tirar das calças do cosmonauta o tubinho azul e o ligar ao condensador, ele será operado de amígdalas. Se não desconectar a tempo e a luzinha amarela continuar piscando, a coisa fica mais séria e ele será submetido a uma prostatectomia radical.

Levarei na mochila uns números atrasados de revistas de sacanagem. Um dos rapazes pediu uma foto da Monica Lewinsky para melhor se entusiasmar.

Cerimônia de aplacar a gula de um orixá

Jorge Amado ouviu-me com atenção. Eu precisava fazer uma reportagem sobre os candomblés da Bahia. Perguntei se isso podia me prejudicar. Ele respondeu sabiamente: "Mal não pode fazer."

Acompanhou-me aos umbrais do alto do Gantois, onde a ialorixá Maria Escolástica Conceição de Nazaré, mãe de santo Menininha do Gantois, "com exemplar dedicação e perene bondade, há cinquenta anos zela pelos orixás e pelo povo da Bahia" — foi o que li numa placa cujo texto traía o estilo e a devoção do romancista baiano.

Encontrei-o vestido de branco, belo como um babalaô, seus cabelos combinando com aquela veste nupcial e turística. Mãe Menininha estava se aprontando. Como filha de Oxum, a vaidade é um dos seus atributos espirituais. Jorge pediu que ela jogasse os búzios para mim.

Deu Xangô na cabeça. É um santo cabreiro, rei do fogo e do trovão, que cometeu incesto com a mãe. Gosta de cágados. Sua cor é vermelha e branca. Orixá dos raios, é esposo de Iansã, Oxum e Obá.

Identificado meu pai espiritual, Mãe Menininha recomendou-me uma descarga. Alguém mal-informado andava me invejando e uma mulher havia feito trabalho forte para me atrapalhar os caminhos — já atrapalhados por natureza. Jorge me explicou em voz baixa que Xangô é reservado, não gosta de se misturar com os outros. Foi a única característica de meu pai espiritual que me calhou. Não sou incestuoso nem domino os raios e trovões. Também não gosto de cágados.

Recebi a lista de ingredientes que devia comprar: dois galos, feijões de diversas qualidades, verduras variadas, farinha, dendê, acarajé, abará e outras guloseimas que os santos apreciam. Levei um dia para reunir a munição solicitada. Já era noite quando entrei pelos fundos do terreiro, deixando na cozinha os apetrechos. Ali viviam umas vinte pessoas, imaginei que no dia seguinte haveria um suculento cozido no cardápio.

Na manhã seguinte, fizeram-me entrar numa pequena casinhola dedicada a Exu. Trata-se de um profissional que desempenha as funções que lhe encomendam. Tal como os frades espanhóis dos romances de capa e espada, dele se esperam as piores coisas. Qualquer ritual precisa puxar o saco dele.

Lá fui eu, acompanhado por duas acólitas idosas e uma jovem filha de santo, roliça e de olhos verdes. Quando entrei nos domínios de Exu, vi intactos todos os mantimentos que trouxera na véspera. Uma das velhas fez um círculo de giz baiano no cimento, mandou que ali me postasse. A mocinha de olhos verdes começou a falar em nagô enquanto passava pelo meu corpo a comida que eu havia levado. Uma das velhas misturava tudo num alguidar de barro.

A *pièce de résistance* foram os galos. Uma das acólitas mandou que eu segurasse um dos galináceos e contasse aos ouvidos dele as minhas desditas, fazendo depois os meus pedidos.

Eu não tinha nada a pedir, especificamente. Olhei bem o galo. Nem sabia ao certo onde fica o ouvido dos galos. Assustado, temendo que boa coisa não o aguardava, ele estava apavorado. Seu olho redondo me fixava, severamente, como se soubesse a bisca que sou. Uma das velhas, por experiência adquirida no ofício, lembrou a virilidade: "Peça a força, meu filho... tem mulher querendo te atrapalhar..." Recusei a sugestão: não se mexe em time que está ganhando. Preferi pensar em abstrações, felicidade, saúde, prosperidade, paciência, amor à pátria. As velhas me urgiam: "Fale... fale... Exu está esperando..."

Perdi a vergonha e murmurei naquilo que julgava ser as ouças do galo uma abominável exigência de minha carne. A ave deu uma tremedeira e fez suas necessidades: sabia que ia morrer. Mandaram-me que segurasse com firmeza a presa mas olhasse para o lado.

Quando voltei à posição anterior, o galo continuava em minhas mãos, mas sem a cabeça. A mocinha apanhou-o e foi sangrá-lo em cima dos tridentes de ferro e da efígie de Exu, que num canto escuro parecia satisfeito com a cerimônia. As velhas começaram a incentivá-lo com uma xingação cordial e bilíngue, usando termos em nagô e português. Volta e meia eu entendia uma frase: "Anda, seu safado, entope esta barriga... coma, coma, seu malandro... encha bem esta pança... e agora beba... beba até se entupir..." Exu ficou melado de sangue, bebendo e gozando, a pança farta. E abrindo-me os caminhos.

Saí de lá e me levaram a outra casa, a do Oxalá, pai de todos. Ali tudo era branco, calmo, repousante. Fizeram-me acender duas velas. Por conta própria, sem ninguém me pedir nada, agradeci aos santos.

Recomendei amigos e desafetos, amadas e desamadas, vivos e mortos. Inebriado pela generosidade súbita, exagerei: pedi ordem e progresso para o Brasil.

Deixei as duas velas lambendo o espaço sagrado de Oxalá, testemunhas de minha peregrinação ao reino encantado dos orixás. Sentia-me sujo de sangue, o cheiro das velas entrara em minhas roupas, minha carne suava, como depois de uma posse sofrida. Estava redimido de velhas culpas e pronto para adquirir novas.

1950 — O TÚMULO DO TORCEDOR DESCONHECIDO

Éramos duzentas mil pessoas espremidas no estádio recém-inaugurado. Adentrei as arquibancadas antes das dez horas da manhã. Fui vestido com fé e alegria — era o uniforme de todos — e às cinco *de la tarde*, como no poema de García Lorca, percebi que uma coisa terrível desabara sobre o mundo.

Continuei imóvel, sentado no degrau de cimento ainda fresco, olhava o sol que batia obliquamente no gramado, ouvia o silêncio da multidão, um silêncio não quebrado nem mesmo pelo pranto de homens que soluçavam alto, em arrancos brutais, na orfandade coletiva. Sobreviventes daquela tarde cruel acreditaram que nunca mais poderiam ser felizes.

Semanas antes, havíamos iniciado a trajetória triunfal das goleadas. No jogo de abertura ganhamos fácil do México, lembro o primeiro gol marcado por Ademir nos minutos iniciais, quando ainda se ouviam os disparos dos canhões que saudavam a abertura da IV Jules Rimet. "O urro da multidão foi maior do que o troar dos canhões" — cito um cronista da época. Depois do México, tivemos um tropeço em São Paulo, empate de 2 a 2 com a Suíça. A imprensa carioca declarou que São Paulo não era Brasil.

Em seguida, goleamos a Espanha por 6 a 1, ao som da "Touradas em Madri". Os espanhóis ficaram apavorados não com a goleada, mas com aquele hino de guerra, o cântico da gozação nacional: paratimbum bumbum. Mário Filho entrevistou um cartola da Espanha: o sujeito jurou que a marchinha causara pânico nos jogadores da "Furia".

Veio depois a Suécia com o seu goleiro de luvas e aquele bonezinho contra o sol. Foi vaiado por antecipação, por causa do boné e das luvas, mais do que pelos sete gols que levou no bucho de *viking* derrotado.

Não tínhamos espaço para nos preocupar com o Uruguai, que modestamente ia chegando à final. E, quando soubemos que o rival seria um vizinho, ficamos com raiva do destino e da tabela.

Exigíamos sangue, estávamos embriagados de glória, não merecíamos a desfeita de levantar a Copa do Mundo em cima de gente de casa. Havíamos sonhado com uma final tipo exportação, com o "English Team", ou com a Itália, encalhada em nossa garganta desde 1938, bicampeã do mundo porque Domingos da Guia fizera um pênalti desnecessário numa jogada sem bola.

Mais por dever profissional do que por necessidade de informação, os jornais lembravam que os uruguaios vestiam a Celeste Olímpica, já haviam sido campeões mundiais e o time não era ruim de todo. No porre da alegria não consultamos nossos bruxos, esquecemos nossas mandingas particulares, deixamos de invocar nossos numes tutelares.

E lá fomos para o Maracanã, às dez horas o estádio já botava pelo ladrão, levávamos a merenda ingênua para o grande recreio. Mais importante do que os sanduíches ou a galinha com farofa, eram os fogos, as flâmulas enormes e coloridas — justa medieval em ritmo de samba — a bateria de tambores e surdos que participariam do nosso cívico funeral.

Quando acabou o primeiro tempo, ouvi um sujeito explicar que assim era até melhor. Nada de "ejaculation precox", pra que gozar logo? Devíamos fazer render o nosso orgasmo.

E veio o segundo tempo. Friaça meteu o primeiro gol. Máspoli foi apanhar a bola na rede. Não parecia um goleiro derrotado. Era meio gordo mas pegava bem. Na verdade — eu procurava ser imparcial —, os uruguaios estavam jogando razoavelmente.

Não vi o tapa de Obdulio Varela em Bigode mas vi quando Júlio Perez deu um passe para o ponta-direita. Gighia correu para a área. Juvenal foi cobrir o lance (Bigode ficara batido) e Barbosa, no gol, fechava o ângulo. Gighia ameaçou chutar mas centrou para o miolo da área. Schiafino entrou e enfiou o pé: Uruguai 1 a 1.

Bem, não havia de ser nada. O empate nos dava a Copa de qualquer forma. E ainda faltavam mais de vinte minutos. Pouco depois, a mesma jogada teve *replay*: novamente Júlio Perez escapou pelo centro, lançou Schiafino, este abriu para Gighia que correu na lateral da área. Tudo igual ao lance anterior. Juvenal saiu em cima dele (novamente Bigode ficara batido na linha média). Barbosa deslocou-se um pouco, fechando o ângulo. Mas, desta vez, tanto Juvenal como Barbosa estavam de olho em Miguez que entrava pelo centro, esperando o passe que viria da direita.

Foi nesse momento que Eduardo Alcides Gighia percebeu que havia a pequena brecha entre o goleiro do Brasil e a trave do Brasil. Entre a glória e a derrota.

E Gighia botou a bola naquele canto, naquela trave que, até hoje, por masoquismo, os locutores ainda chamam de "gol de Gighia", referência do nosso orgulho ferido, de nossa dor enxovalhada.

Em vão, o Brasil foi para a frente. Ademir acertou uma na trave. Zizinho, perdido no meio-campo, driblava o nada. Poucos ouviram o apito do juiz. Nos olhos embaciados não ainda pelas lágrimas, mas pelo pasmo, vimos uns trinta gatos-pingados darem a volta olímpica pelo estádio, Obdulio Varela esmurrava o peito e gritava: "Es la Celeste!"

Quem passou pelo 16 de julho de 1950 merece um monumento coletivo, como o do Túmulo do Soldado Desconhecido. São essas coisas que formam uma pátria, um povo encharcado em sua dor.

Bem-aventurados os puros

Caricatura à parte, o bom do charuto é que, apesar do recente modismo, ele continua na contramão. Na virada do século XIX estava no auge, era o rei dos salões, indispensável nos bródios solenes, símbolo do prazer. Saiu de moda como a missa em latim, a música de Frescobaldi e os romances de Pitigrilli. Por isso mesmo conserva o encanto daquele *bonheur fanê* cantado por Charles Trenet — outro que saiu de moda.

Emblema da riqueza agressiva, do patronato sem entranhas, o charuto ingressou no sombrio átrio dos deuses malditos — e este talvez seja hoje o melhor de seus encantos. Fonte de prazer para seus devotos, exige liturgia para o devido uso: um pouco de solidão, se possível de silêncio. E como sempre, um antes, outro depois, no ato do amor.

E mais do que o amor: afinal, o sexo é subproduto do instinto. Tal como a arte definida por Leonardo, um puro é *cosa mentale*. Como o forró nordestino, charuto também é cultura. Mas, ah!, quantos crimes se cometem em seu santo nome!

Falar de charutos é falar de Havana, a velha e colonial La Habana, rodeada pelas plantações de Pinar del Río, a região conhecida como Vuelta Abajo, onde nasce, floresce e se embalsama o melhor — o único puro do mundo. Os demais são contrafações. Não adiantou, por exemplo, que alguns fabricantes tradicionais, com selos históricos que datavam de 1742, emigrassem para a Holanda levando marcas e brasões. O fumo que obtiveram não era puro, resultava numa folha nascida na Jamaica, nas Honduras, em chão sem cor e cheiro. Obtiveram produtos anedóticos, consumidos por novos-ricos ignorantes, capazes de confundir um Montecristo com um Montecruz — afinal, a caixa é quase igual.

Uma exceção deve ser feita. Depois dos havanas, os únicos charutos confiáveis são os brasileiros — Brasil e Cuba se parecem na comida, na música, nas raízes africanas e no gosto pelo rebolado. Mas enquanto Cuba existir, nada haverá igual aos *grands* crus de Vuelta Abajo.

São muitas as marcas e diversas as serventias. Depois de uma refeição simples, sobrando pouco tempo para a curtição de um legítimo puro, existe a linhagem dos Partagas médios, dos Upmann, dos Romeo y Julieta de linha (não se chega ainda aos grandes puros como o Churchill) e — para o meu gosto pessoal — o Punch. Refeições nobres exigem puros idem, como o Montecristo — o mais popular dos nobres, uma espécie de "Jesus, alegria dos homens" na obra de Bach.

Um fumante de bom gosto evita relacionar o fumo à refeição. Os grandes, os encantadores momentos de um puro não são condicionados pela comida, pela bebida, nem mesmo pelo amor. Fruir um verdadeiro puro é, acima de tudo, abrir espaço no tempo para se ter tempo de curtir o puro. Pode haver música ao fundo, mas não deixa de ser banal fumar um Rey del Mundo ou um Hoyo de Monterrey ao som de um cravo barroco.

Tal como a comida, há que atentar para as combinações entre música e puro: uma das mais extravagantes experiências pessoais foi ter fumado um Rafael Gonzales ao som da Sinfonia nº 1 de Mahler. Já desperdicei um José Piñero ouvindo aquela suíte de Granados dedicada às cidades espanholas. Hoje, fumo meus puros em silêncio, pensando humildemente em mim mesmo, e aí o fumo é mais eficiente do que a *canabis sativa* e a coca — produtos de índio e sabor para deslumbrados.

Deslumbrados também são os consumidores de determinadas marcas que levam o nome de grandes vinhos: Château Haut- Brion, Château-Margaux, Château-d'Yquem e outras grifes que deram logomarcas aos castelos feitos de palha: são fabricados com fumos impuros, inicialmente vindos da Jamaica — onde não há nenhum *château* digno do *gotha* dos grandes tabacos. Por isso não mencionei até aqui o nome de Z. Davidoff — que está para os puros assim como as Lojas Americanas estão para a Cartier e a Bulgari. Mas há quem goste — e por aí se explica que o puro é quase uma ideologia e, certamente, um modo de caminhar pela vida, como o tango e o amarelo.

Babilônia revisitada: eu, ela e os outros

O título lembra, intencionalmente, a novela de Scott Fitzgerald: a maldição que pesa sobre as cidades que se tornaram cenários do prazer, da riqueza e do poder. Babilônia é uma metáfora. Mas ela existiu — e como! Foi a mais brilhante metrópole de seu tempo, sede de um império que dominava as rotas comerciais do Oriente Médio e escravizava reinos e povos vizinhos.

Nabucodonosor, que ali reinou durante 42 anos (604-562 a.C.), sitiou Jerusalém, espoliou a região, estuprou mulheres, assassinou crianças, incendiou o templo e promoveu o êxodo do povo judeu, levando-o para um cativeiro que durou 49 anos (587-538 a.C.).

Babilônia ficava entre o Tigre e o Eufrates, na Mesopotâmia, a cem quilômetros da atual Bagdá de Saddam Hussein, que volta e meia sacaneia os americanos e paga por isso. Ao contrário da Bagdá de hoje, que pode ser destruída por meia dúzia daqueles foguetes com que o presidente Bush pretende se reeleger, a Babilônia de Nabucodonosor era inexpugnável.

Contra ela não se erguiam armas, erguiam-se consciências. A mais lúcida e virulenta foi a do profeta Jeremias — aquele mesmo Jeremias que Renan considerou o maior escritor bíblico e em quem

Robert M. Seltzer descobre "o primeiro homem da história que se pode conhecer como indivíduo". Jeremias fez da própria personalidade, de sua experiência pessoal, a matéria de memória, o núcleo de sua obra.

Temos hoje uma noção vulgar do ofício de profeta. Ele não é um mago, um adivinho, nem mesmo um intuitivo. O verdadeiro profeta alcança a visão do futuro pela ampla consciência do presente. Daí que os grandes profetas de todos os tempos foram panfletários do dia a dia.

Ele previu a destruição de Babilônia, não apenas a Babilônia mesopotâmica, a poderosa cidade-estado, a fortaleza de Nabucodonosor, mas de todas as Babilônias que se ergueram ao longo da história.

Foi uma espécie de ensaio geral para a grande diáspora dos judeus. À margem dos rios da Babilônia, os judeus penduravam seus alaúdes no ramo dos salgueiros e choravam — o cativeiro produziria pelo menos dois grandes hinos: o belo salmo 137 ("Junto aos rios da Babilônia nos assentávamos e chorávamos, lembrando de ti, ó Sião") e o coro de Verdi para sua ópera *Nabuco*, cantado até hoje por aqueles que lutam contra a opressão: *Va pensiero sull'aria dorate.*

Mas fiquemos com Jeremias — e ficamos bem: "Trema toda a terra e se turbe, porque está pronto a cumprir-se a ameaça do Senhor contra Babilônia, de fazer dela um deserto inabitável. Babilônia será reduzida a um montão de ruínas, a covil de chacais, será objeto de horror e escárnio."

Jeremias era competente. Entendia do riscado. Contudo, se vivo fosse neste final de século, ficaria sem entender o que agora está se passando na "meretriz do Eufrates" — bela imagem que foi usada para designar a antiga Babilônia. A grande cólera de Jeremias contra

Nabucodonosor, e, principalmente, contra a orgulhosa cidade, tinha motivo político na aparência mas religioso na substância: ali não se adorava o Deus Único, o Deus de Jeremias, de Abraão e de toda a sua descendência.

Um certo caldeu nascido em Ur (ver qualquer problema de palavras cruzadas) saíra daquela região porque se recusava a adorar ídolos. E levou consigo todo o seu povo. Povo que, séculos depois, voltava agrilhoado, sob o jugo de Nabucodonosor, deixando para trás as ruínas do magnífico templo no qual aprendera a ouvir: "Escuta, Israel, eu sou o Senhor, teu Deus."

Jeremias não entenderia como Bush, tão monoteísta como Saddam Hussein, um muçulmano, está agora se atirando mísseis de última geração por causa de uma espécie de deus que nem sequer é único, é apenas mais barato. O petróleo, como a liberdade, tem justificado todos os crimes. E Jeremias descobriria, para seu próprio governo, que só era profeta em sua terra e em seu tempo.

Iniciei o artigo lembrando Scott Fitzgerald. Nada a ver com Saddam Hussein ou Bush. Muito menos com Nabucodonosor ou Jeremias. Tem a ver comigo mesmo. Toda vez que penso em Babilônia sinto sempre aquilo que um antigo bolero do Gregorio Barrios chamava de *frío en el alma*.

O que desejava lembrar — na verdade, o que desejava esquecer para sempre — não aconteceu durante a última vez que vi Paris, cidade que a geração perdida de Scott Fitzgerald considerava babilônica. Era um fim de caso, esgotáramos nosso tempo. Houve aquele momento em que, ao contrário de Adão e Eva, descobrimos que não estávamos nus. Combinamos ir embora, um para cada lado, mas antes voltaríamos a Paris para lembrar a primeira vez.

Fomos para o mesmo hotel, o mesmo apartamento, a mesma lareira, o mesmo papel de parede. Entramos sem pressa. Ela se aproximou da lareira, passou a mão no papel de parede. Ouvi-a dizer baixinho: "*Babylone retrouvée.*"

Corte necessário para o acima citado Jeremias: "Babilônia era a taça de ouro que embriagava toda a terra. Aqueles que beberam do seu vinho ficaram enlouquecidos."

A Dogaressa: o livro (I)

Chamo a especial atenção da Academia Brasileira de Letras para uma das mais belas obras surgidas entre nós: *A Dogaressa*, de Rafael Giancolla.

Não conheço pessoalmente o autor. Fiquei sabendo, pelo seu poema, que é descendente de um gondoleiro de Veneza, donde a razão e a causa de seu poema-fantasia. Impossível que a obra, pela beleza e pela cultura que encerra, passe despercebida aos olhos da comissão encarregada de examinar os melhores livros de poesia do ano.

Trata-se de um poema colossal, narrando a coroação da Dogaressa. Dogaressa não tem nada a ver com aquela infeliz Condessa que ocupou nossas crônicas anteriores. Dogaressa é o feminino de doge e doge é o mandachuva de Veneza.

Foi, seria melhor dizer.

Ludovico Manin, deposto pelo general Buonaparte, é o último deles. Paulo Lúcio Anafesto teria sido o primeiro. Entre o primeiro e o último, houve muitos doges e a maioria deles tiveram dogaressas.

Uma delas serviu de ocupação e preocupação para Rafael Giancolla erguer, ao longo de vários anos de pesquisa e labor, um magnífico poema. Eu ignorava cavalarmente o cerimonial prescrito para a coroação da Dogaressa. Mas o autor, além dos versos, distribuiu pelo poema algumas notas explicativas, dando conta de que "a maravilhosa República já conhecera os Dandalos, os Foscaris, os Candianos, os Contarines, os Falieros, os Renzos, os Grandenigos, os Mocenigos, os Bembos, os Pisanos e os Cornaros". Mas nenhum deles promoveu coroação de sua esposa mais refulgente que o doge de nossa Dogaressa.

Para efeito de melhor situar a época de sua fantasia, o autor explica que foi transportado em sonho à corte de Veneza e lá, independente da vil cronologia da história, misturou seus personagens à vontade, dando-nos um impressionante e minucioso painel de toda a Idade Média.

Esse recurso ao sonho é tradicional na literatura. Não podemos esquecer que a grande peça da poética italiana é um sonho, longo e tumultuado, que atravessa céu, inferno e purgatório. Mas Rafael Giancolla não imitou Dante. Em vez de nos dar inferno e purgatório, deu-nos apenas o paraíso: a coroação da Dogaressa.

Dizer da beleza da Dogaressa é inútil. O autor dá-nos este retrato: "Ah! Se eu fosse um poeta e pudesse dizer do grande assomo/ que esta Emoção me põe na alma vazia, certo que a/ poria a vosso lado, ombro a ombro/ casando-as num só laço a própria Poesia!".

Após descrever a formosura da Dogaressa, o poeta narra-nos o cortejo, a coroação, o grande banquete ("Um luar de delícias azul e lácteo desce"), um hiato temporal ao gosto do cinema mudo, intitulado "No outro dia", e, depois, a festa veneziana, o baile de gala, o desfile, um *intermezzo*, um *pizzicato*, um *allegro con fuoco* ("soluçam febris os violinos") e, finalmente, a despedida.

Todo poema tem seu grande canto. Na própria *Divina comédia*, os estudiosos separam o canto V, do Inferno. Em A *Dogaressa*, por conta própria escolho o trecho mais grandioso: o desfile.

Para que tenhamos uma ideia, basta relacionar alguns nomes que desfilam aos nossos olhos assombrados: Richelieu, Shakespeare, o califa de Bagdá, o conde de Yparraguire, Cromwell, Cuvier, o duque de Beaufort, os bispos de Avignon, Besançon e de Reims, Corneille, George Sand, Lavoisier, o filho do marajá do Mysore, o duque de Westphalia, o afoito conde de Lippe, Wellington (ainda sem as glórias de Waterloo mas "flamante na glória da juventude que tem fulgor mais belo"), o hiparca da Etólia, Hernán Cortés, Maurício de Nassau, Copérnico, Kant, Marco Polo, o mágico Merlin, Daniel Defoe e muitos outros personagens que ilustraram diversas e importantes fases da humanidade.

Pretendo voltar a esse formidando poema. Aconteça o que acontecer na minha vida, jamais o esquecerei.

"Soluçam febris os violinos" (II)

Era gordo, alto, parecia um português de baixa origem que fizera dinheiro vendendo cereais na rua Acre. O bigode não era farto como o dos lusitanos que torcem pelo Vasco: era um meio-termo entre o bigode de Carlitos e Hitler. Vestia-se bem, usava chapéu, o que fazia seu vulto maior e mais respeitável.

Rico, não precisava trabalhar, daí que se tornou crítico de livros e teatro, era generoso com os estreantes e severo com os medalhões. Foi candidato à Academia, com a inacreditável marca de um voto nas três vezes em que tentou a imortalidade.

Publicou livros em todos os gêneros existentes e outros a existir — no que seria um criador poundiano, uma vez que abria um caminho novo para a arte literária. Ao incrementar sua terceira candidatura àquilo que ele chamava de "nobre sodalício", escreveu um formidável poema em versos brancos intitulado "A Dogaressa".

Para quem não sabe, dogaressa era a mulher do doge de Veneza. Casava-se no bucentauro, que apesar do feio nome não era nada indecente, apenas a imensa gôndola nupcial dos doges. O poema baseava-se num sonho, e o autor se justificava com o precedente de Dante, cujo poema não passou de um sonho.

Levado por ninfas e centauros, o poeta — que morava na rua Barata Ribeiro — transportava-se ao palácio ducal e ali assistia às magníficas bodas, com direito inclusive de viajar no já citado bucentauro.

Li, encantado, o poema que ele me mandou com gentil dedicatória, chamando-me de "ilustre". Guardei o clima geral da coisa e muito a apreciei. Sempre que vou a Veneza lembro a luxuriante descrição do cortejo nupcial pelos canais da velha cidade.

Infelizmente, de todos os versos lidos e relidos só guardei um, que volta e meia me vem à memória distraída. O poeta descreve o baile de máscaras com este verso inicial: "Soluçam febris os violinos."

Nostalgia das galinhas

Nas longas noites, noites dos anos mais antigos do passado, quando o sono era leve e o silêncio profundo, ouvia-se o apito solitário do guarda-noturno que atravessava as ruas e os caminhos marcando a presença da lei e da ordem. Era bom ouvir aquele apito: eu me sentia guardado e protegido dos malefícios do mundo e das incertezas da noite.

Como segurança suplementar, minha mãe tinha na mesinha de cabeceira, ao alcance da mão, um apito igual — que nunca foi usado. As pessoas em perigo, os lares ameaçados tinham aquele recurso para convocar o homem da lei que velava por nós e por nosso sono.

Bem verdade que os malfeitores daquele tempo eram simples ladrões de galinha — pois todas as casas tinham galinhas, fartas galinhas que botavam ovos e abasteciam os ajantarados dominicais com a canja e o assado.

Hoje, não mais existem guardas-noturnos e ninguém cria galinhas: elas nos chegam dos supermercados, congeladas, plastificadas, com um termômetro cravado no peito para apitar quando estiver no ponto.

Se tivéssemos galinhas em nossos apartamentos, talvez merecêssemos de volta o ladrão de antigamente. Sem galinhas para roubar, de que viveria um ladrão de galinhas? Conhecemos a alternativa. Eles invadem nossas casas e vão logo perguntando pelos dólares, pelos videocassetes, pela parafernália eletrônica e importada.

Não mais existe pelas ruas e caminhos das cidades aquele pastor solitário e noturno trinando seu apito — anúncio da lei, reclame do Estado. Tampouco adianta termos apito nas mesinhas de cabeceira: quem nos ouviria?

A culpa, como se depreende, é das galinhas. Ou melhor, da ausência das galinhas. Arquitetos e decoradores deveriam reservar, na planta de seus projetos, dois ou três metros quadrados para o cultivo de galinhas. Criando-se a oferta, viria a procura. E voltaríamos àquilo que os americanos chamam de "velhos bons tempos".

Camarão!

Pensei que fosse passeata: a rua da Assembleia estava cheia de gritos. O trânsito parado, gente pelas calçadas, nas janelas dos prédios, senhores de pasta na mão correndo, aderentes às paredes.

Imaginei um assalto a banco, um suicídio, alguém se atirara de um décimo andar e por isso todos foram para a janela olhar o morto. Num ônibus, motorista e passageiros batiam com as mãos na lataria, cadenciadamente, repetindo uma palavra de ordem.

Um guarda também passou correndo, mas não atrás de meliante, passou rindo, com ginga de moleque, fugindo de alguma coisa. Que seria aquilo? Tomei informações com um ceguinho que pedia esmola na esquina, ele também estava rindo: "É o Camarão!"

Ia perguntar que camarão era, mas não foi preciso. Das janelas de quase todos os prédios, percebi que gritavam a mesma coisa: Camarão! Camarão! Camarão!

Andei mais um pouco e vi um sujeito de seus 40 anos, até que razoavelmente bem-vestido, barba caprichada, não era um mendigo em frangalhos. Gesticulava em todas as direções, ou melhor, dava bananas em todas as direções e xingava a mãe de todo mundo, incluindo a minha.

Ele estava no meio da rua, impedindo o trânsito, mas ninguém buzinava nem reclamava, todos continuavam gritando "Camarão!" "Camarão!" Volta e meia, Camarão ameaçava uma corrida, todos se afastavam mas logo nova roda se formava em torno dele, Camarão! Camarão!

Informaram-me que era um aposentado (alguma doença no sistema nervoso) que todas as semanas vinha a um banco receber dinheiro. Um dia, fez qualquer coisa e ganhou o apelido que logo se tornaria uma ovação. Todas as semanas, à mesma hora, Camarão é esperado.

Tão logo dobra a esquina da avenida, a rua em peso larga o trabalho, esquece a faina humana e todos voltam a uma infância que Camarão recria naquele pedaço de cidade. A rua se transforma num pedaço da memória onde todos se reencontram como meninos que um dia foram.

Coração em chamas

Era tão feio que nunca se atreveu a ter namorada. Além do mais era tímido. O máximo de ousadia a que chegou foi escrever para uma revista que mantinha um consultório sentimental.

Declarou-se em disponibilidade para um relacionamento amoroso. Assinou a declaração com um genérico e promissor "coração em chamas". Pensou melhor e mudou para "coração solitário". Pensou melhor ainda e nem mandou a mensagem.

O tempo passou, envelheceu e começou a navegar na internet, não por prazer, mas por necessidade: trabalhava numa loja que vendia material eletrônico, se não tinha jeito para muita coisa, dava conta do recado.

Uma noite, encontrou a mensagem esquisita de uma mulher de 35 anos, moradora em São Paulo. Declarava-se cansada de esperar o verdadeiro amor. Assinava com o mesmo "coração em chamas" que ele não tivera coragem de usar. Colocava-se à disposição, via satélite.

Ele odiava aquela expressão: via satélite. O patrão dele quando falava em via satélite, pronunciava a palavra "satélite" como se o satélite fosse dele, propriedade sua. Bem verdade que o patrão não era um coração em chamas, entre outros motivos porque nem tinha coração.

O fato é que respondeu. Deixou seu endereço e nem se assustou quando recebeu mensagem personalizada e detalhada. Marcaram um encontro. Ela revelava sua altura, cor dos olhos, o vestido que estaria usando. Oferecia-se ao exame. Se ele não gostasse, podia ir embora, ela nem ficaria ofendida.

Dia seguinte, no bar de um hotel três estrelas, foi fácil identificá-la. Era até mais bonita do que ele esperava. Na realidade, era até muito bonita. Impossível que houvesse um coração em chamas dentro daquilo.

Aproximou-se. Não haviam combinado uma senha, mas era evidente que ela o esperava e ele a procurava. Olharam-se nos olhos. Ele perdeu a vontade de tudo. Perguntou ao garçom onde era o banheiro. E esperou até que ela fosse embora.

Agulhas de Hiroshima

Pisei de mau jeito num desses caminhos da vida e peguei uma dor no tornozelo que não passava com os recursos da medicina ocidental. Aconselharam-me a alternativa que sempre se busca nessas horas: os complicados macetes da medicina oriental. Daí que adentrou em minha sala um japonês simpático, com o simpaticíssimo nome de Tada.

Ele e suas agulhas. Tada espetou-as não exatamente no local avariado, mas em quase todo o corpo. Identificou problemas no baço — e eu nem sabia que tinha baço dentro de mim. Para amenizar o agulheiro em que me transformei, falou de sua vida e de sua quase morte. Morava em Hiroshima, tinha seis anos quando viu um sol nascer do chão e matar todo mundo em volta.

Tada não sabe nem quer saber por que sobreviveu — nem perde tempo em pensar nisso. Todos os anos, em agosto, faz silêncio de um minuto para lembrar o que viu e não entendeu — e não entende até hoje.

Seu vocabulário em português é pobre, na realidade, é paupérrimo. Não usa verbos, usa apenas substantivos. Descreve aquela manhã de agosto de 1945 misturando alguns desses substantivos: tragédia — tristeza — política. Para ele, política não é apenas companheira da tragédia e da tristeza. Mais do que um sinônimo, é uma causa.

Esqueci de dizer que rosna algumas interjeições, como "ai", "ui", "oooh" e uma variante dessa última, que é "iiih". O resultado é que o meu diálogo com ele corre naturalmente, pois insisto também nas mesmas interjeições, sobretudo na primeira.

Diz ele que a sua pele ainda tem vestígios daquela manhã. Suas agulhas também. De maneira que me sinto, de certa forma, um sobrevivente de Hiroshima. Passei a entender por que não gosto de política. E a confundo com tragédia e tristeza.

Festa da Primavera

Devo ser um monstro, entre outros motivos, porque nunca me emociono devidamente com a chegada da primavera. Aqui no Rio, pelo menos, a passagem de uma estação para outra é marcada por um tempo esquisito.

Nuvens de cinza pastoso, dramático, escondem a serra da Tijuca e amortalham o Corcovado. As águas da Lagoa refletem um céu opaco, sem profundidade. Nem chega a ser céu: é uma espécie de lona incolor e gasta que cobre o Grande Circo — onde todos nos esbofamos para que o espetáculo continue. Para que e para quem?

Em criança, aí pelos seis anos, o pai chegou excitado (aliás, ele vivia de forma excitante em todas as ocasiões, fosse inverno ou verão). Anunciou que me levaria à Festa da Primavera, na Quinta da Boa Vista, uma bolação que ainda não merecia o nome atual de "evento", mas era como se fosse.

Pedi detalhes. Minha mãe louvou a chegada da primavera, a estação das flores, as corolas se abrindo, o ar perfumado, o céu de límpido azul etc.

A primavera era uma festa e eu iria à Festa da Primavera. Era muito para um pobre marquês, ou melhor, para o menino desconfiado e triste que eu era e, de certa forma, nunca deixei de ser.

Foi talvez a decepção fundamental da minha vida. Tive outras, é certo, até mais complicadas e irreparáveis, mas nenhuma delas se comparou com o que vi. Bananeiras de papel crepom à entrada da Quinta, duas moças vestidas de arco-íris distribuindo uma bandeirinha brasileira, uma charanga tocando a "Valsa dos patinadores", a esqualidez das barracas vendendo cachorro-quente e pipoca.

Ia esquecendo: teve discurso de um cara que citou não sei que obra municipal que estava em andamento. Por sorte, o pai estava acima dessas vicissitudes: levou-me a andar de bote no laguinho da Quinta.

Prometeu que, quando eu crescesse, e fosse um garoto bonzinho, me daria um barco de verdade. Barco que nunca tive, que nunca me levou a lugar algum.

A NOITE MAIS FRIA

Quando era criança, a noite de São João era a mais fria do ano. Daí que nasceram as fogueiras acesas nos quintais, tradição que nos veio dos portugueses mas é antiga, vem da pré-história, quando nem havia santos nem Portugal.

O clima da Terra mudou, aqui no Rio costuma fazer calor todos os dias e até mesmo todas as noites. O carioca entra em depressão ao botar suéter, sente-se um suíço deslocado, um esquimó avacalhado. Nos tempos de Villegaignon, quando os primeiros cariocas ouviram dos franceses que invadiam o Rio o *bon soir*, entenderam errado, acharam que era bom suar. Pensam assim até hoje.

Não foi só o clima da Terra que mudou. Eu também mudei, sem necessidade de correntes marítimas, de furacões e derretimento de polos. Da minha varanda, olho a noite de São João e nem procuro a luz de uma fogueira. Sei que mais tarde, no silêncio da madrugada, passará pelo céu o Rei dos Reis, o enorme balão que soltam todos os anos, formidável em seu rastro de luz e liberdade.

É um crime e, ao mesmo tempo, um assombro. Quem o faz, quem o solta, de onde vem, para onde vai — o balão colossal tem as mesmas indagações, as mesmas não respostas de nós homens, que não sabemos quem nos fez, de onde viemos e para onde vamos.

Se não tivesse me corrompido tanto, não estaria aqui na varanda, olhando a Lagoa sem a alegria de uma só fogueira iluminando e aquecendo a noite, esperando a madrugada para ter a certeza de que ainda resta alguma coisa que valha a pena.

Eu próprio teria feito meu balão, clandestinamente — faço coisas clandestinas e menos inocentes por aí. Sim, mudei muito, a noite de hoje não será a mais fria. Eu é que fiquei mais frio.

Se o balão se incendiasse em cima da Lagoa, sepultado em seu túmulo de fogo, eu ficaria sabendo que era o meu último balão. Nunca mais o esperaria e todas as noites seriam a mais fria do ano.

O leite derramado

Quando se olhava no espelho, não gostava do que via, mas se aceitava com placidez: ele era aquilo que estava vendo. O tempo passou e até se habituou, afinal, cada um tem a cara que merece.

Com aquele rosto ele trombara com o mundo, fora em frente — mesmo porque ninguém lhe ensinara a ir para trás. Quebrar a cara fazia parte da vida, não sentaria no meio-fio da rua para chorar o leite derramado.

Nem tudo foi aflição de espírito. Tivera seus momentos, não podia se queixar e na realidade nunca se queixara. Um dia, uma das mulheres que lhe deram mais trabalho olhou seriamente para ele e admitiu: "Não sei como fui gostar de um cara com a sua cara."

Ele estava na fase em que a cara vinha naturalmente a seu encontro no espelho, tão neutra que não mais a estranhava. Para ser honesto: volta e meia chegava a gostar um pouco dela, afinal, era assim que os outros o viam e fora assim que ele não sentara no meio-fio da rua para chorar o leite derramado.

Foi de repente: na noite de um domingo em que trabalhara desde cedo num parecer para a Procuradoria-Geral do Estado. Não viu as horas passarem. Quando acabou, era quase segunda-feira e ele não havia tomado banho nem feito a barba. Podia deixá-la para a manhã seguinte, mas aprendera com o pai que devia barbear-se todos os dias.

Antes do banho, enfrentou o espelho. Lá estava aquela cara que era a dele. Quando lavou o rosto e o enxugou, alguma coisa misteriosa aconteceu, não com ele, mas com o espelho. Nele apareceu um estrangeiro, um homem que ele nunca vira. Um ou outro detalhe podia lembrar alguém, mas positivamente era um estranho que ali estava.

Não era mais uma questão de aceitar ou não o desconhecido que olhava para ele. Nem era uma cara abominável. Era apenas uma cara que nunca tivera coragem de sentar no meio-fio e chorar pelo leite derramado.

Anatomia das segundas-feiras

Nada a ver com o *rock* homônimo que fez sucesso há tempos. Também não gosto das segundas-feiras e tenho excelentes motivos para isso. É o dia em que todos os chatos do mundo saem das tocas, infestam ruas, montanhas e vales da vida: é uma invasão, um *apocalipse now*.

Após o fim de semana dedicado a refletir sobre a necessidade de fazerem alguma coisa — já que até então nada fizeram senão aborrecer os outros e a si mesmos — os chatos decidem a cada segunda-feira iniciar o futuro que começa a cada dia, a cada semana e, em especial, a cada segunda-feira.

Essas resoluções nascem da fossa crepuscular dos domingos. Tão logo o Sol se levanta na segunda-feira decisiva (que são todas elas), eis que a turba se ergue dos túmulos da mediocridade existencial e sai à cata das oportunidades, da concretização dos propósitos. É na segunda-feira que todos os que ainda não chegaram lá se repõem em dia com velhos projetos, antigas ambições. Dessa vez vai. Ou melhor, dessa vez vão.

Vão é poluir a vida dos outros. Procuram amigos e ex-amigos, fazem sondagens no mercado, forçam coincidências. Na terça-feira o entusiasmo diminui, acaba na quarta-feira e no resto da semana tudo volta ao que era antes, exceto nas sextas-feiras, quando os mais insistentes buscam reatar os contatos, tentam um *replay*, uma avaliação das possibilidades ameaçadas na segunda-feira. E forçosamente transferidas para a segunda-feira seguinte.

A sabedoria ancestral dos judeus ensina que não se deve começar nada de importante nas segundas-feiras. É o dia que os antigos dedicaram à Lua, um cadáver astral que rola em torno da gente, inútil e deletério, que serve somente para influenciar as marés e o ciclo menstrual das mulheres.

Por tudo isso, acho que houve engano dos historiadores quando afirmam que Cabral avistou o Brasil num domingo. Deve ter sido numa segunda-feira.

Mágica besta

O mundo era meio esquisito: não se podia chupar manga após ter bebido leite. Tomar chocolate quente era um ritual, precisava-se beber três goles d'água, antes ou após. Quando a tarde morria e as luzes se acendiam, todos se cumprimentavam com um "boa-noite", e aí tomava-se bênção aos pais e os pais abençoavam os filhos.

O vento encanado era o hálito do Demônio. Dizia-se que Napoleão nunca temera inimigo algum, mas borrava-se de medo quando recebia um vento encanado.

No fundo, tudo isso era um pouco mágico. Durante um simples dia acontecia uma porção de coisas inexplicáveis. Por volta do meio-dia, em nossa rua sempre vinha uma leprosa pedir esmola, diziam que ela não existia, era uma miragem que tentava a caridade de todos. Todos a temiam e pingavam em sua sacola o tostão que exorcizava a sua doença e aliviava a sua pobreza.

De vez em quando, nos céus do Rio passava o zepelim, boiando no espaço como um peixe prateado e majestoso. E houve o dia em que anunciaram o fim do mundo, os adultos não acreditavam, mas as crianças, como o Napoleão acima citado, borravam-se de medo.

Nem sei se era melhor ou pior do que agora. Mistérios sempre houve: até hoje ninguém sabe onde enterraram os ossos de Dana de Teffé. Tampouco o que o FMI vai mandar o Brasil fazer no segundo semestre. São mistérios mas nada têm de mágicos — embora tenhamos mágicos demais dando sopa por aí.

Fico triste quando tomo chocolate e desprezo os três goles de água a que minha mãe me obrigava. Misturo manga com qualquer coisa e não temo o vento encanado — posso me considerar mais valente do que Napoleão. Aliás, só quem teme vento encanado é quem ganha até dois salários-mínimos — o que é outro mistério do mundo.

As luzes se acendem todas as tardes e não tenho a quem abençoar. Nem tenho a quem pedir bênção. Desconfio que melhorei de vida mas me tornei pior. Mágica besta, afinal.

A criança e o velho

Outro dia, vendo a reprise de um programa que gravei com o Roberto D'Ávila em Paris, me surpreendi citando aquele conto de Scott Fitzgerald: o homem que nasceu velho e foi rejuvenescendo até morrer com meses de idade.

Está no livro *Seis contos da era do jazz*. É um roteiro extravagante para a condição humana, bem menos doloroso do que o processo ortodoxo que nos faz nascer crianças e morrer velhos.

Nada mais ridículo do que a sabedoria dos velhos, que acumularam experiência e serenidade para julgar os outros. E nem sempre podem ou conseguem julgar-se a si próprios. Tomemos como exemplo aquele outro conto, de Hans Christian Andersen, impropriamente rotulado de infantil: "A roupa nova do rei"ou "O rei nu".

Um velho que constate a nudez do rei é um idiota. Ele vê a realidade e a aceita naturalmente, o rei está nu porque não só está nu mesmo, mas porque é um direito do rei ficar nu diante de seus súditos. De maneira que um velho, quanto mais velho for, menos se espantará com a nudez do rei.

Já a criança apontará a nudez do rei como um fato transcendental, uma metáfora do poder. Seu grito no colo da mãe ("O rei está nu!") tem a força e a luminosidade do grito de Arquimedes, também nu, dizendo "Eureka!".

Daí que os velhos evitam dizer que o rei está nu. Eles também devem estar nus, tá todo mundo nu, nada os espanta. Já as crianças têm o direito de investigar o mundo e os homens que formam o mundo. Lembro que, em criança, tinha um vizinho que trabalhava numa loja na rua dos Andradas e a quem meu pai chamava de "boa alma".

Eu dava de barato que ele tivesse boa alma ou nem tivesse alma alguma. O que me espantava nele era que se chamava Almeida. Não conhecera, até então, nenhum Almeida. Admirava-me, também, de que ninguém estranhasse que o Almeida tivesse este assombroso nome.

Quando percebi que ninguém me acompanhava nesse estupor, tentei me habituar ao fato de que o Almeida fosse Almeida mesmo. Fiquei velho, como todo mundo. Mas acho que a criança que eu fora sabia melhor das coisas.

Depois de todos os dias

Começou a morrer em 1942, quando viu, pela primeira vez, boiando na Lagoa, uma garrafa estranha. Ele tinha 12 anos. Achou aquilo estranho, parecia garrafa de remédio, somente depois esbarrou com o anúncio colorido que anunciava um novo "prazer" na praça.

Provou e não gostou. Talvez por causa disso, o refrigerante fez sucesso. Uma espécie de hidromel de um mundo que começava, mas não para ele.

O dele parecia ter acabado. E tinha apenas 12 anos.

Embora sem relação de causa e efeito, na mesma época fecharam a fábrica de mariolas que havia perto de sua casa. Além das mariolas, lá também se fabricava uma banana enrolada em papel prateado com uma faixa verde em espiral — anos depois, em Viena, comendo uma torta de banana, aquele gosto antigo veio novamente e ele compreendeu, mais uma vez, que era sobrevivente de um mundo morto.

A princípio, a morte chegava com a presença de uma novidade que ele custaria a absorver. A variante era a ausência de um valor que não mais existiria. De perda em perda, de morte em morte, ele foi sobrevivendo, mas aos pedaços. Olhava o passado e via que a vida se limitava a uma sucessão de escombros.

A mulher que amou, aquele cinema na praia onde levavam filmes de Alberto Sordi e Ugo Tognazzi, o *fettucine* que comiam na *trattoria* romana, os aperitivos à tarde, na Taberna Ulpia, ao lado da Piazza Venezia, taberna fechada pela polícia porque lá era um ponto de drogados. Não adiantava revisitar os caminhos de outrora, tudo estava morto: ele também.

O grande blefe é que ninguém sabia que ele estava morto. E que nada fazia sentido para a sua fome de ser nada. Até mesmo aquela música ("It Had to Be You" ou "Hindustan"?) dava-lhe a certeza de que tudo havia morrido.

Ele então se sentiu náufrago do dia depois, náufrago sem merecer a praia ou a ilha.

Ligou a TV. Candidatos mortos falando de coisas mortas. Tudo tão estranho e incompreensível como a garrafa de coca-cola, vazia e adernada, mensagem de outro mundo, boiando na Lagoa.

E ele só tinha 12 anos.

Meu amigo Piero

Tem 82 anos, aposentado há vinte. Nasceu em Nápoles, durante a guerra lutou na Rússia do lado errado, nas tropas italianas que Mussolini ofereceu a Hitler. Sobreviveu por milagres sucessivos. Voltando à Itália, trabalhou como garçom no Alfredo, em Roma, e logo se tornou o *capo*. Recebeu reis, rainhas, os homens e mulheres mais famosos do tempo.

Veio ao Rio agora, ficou hospedado no hotel que mantém um dos restaurantes espalhados pelo mundo com o nome Alfredo. Estava de férias, sem nenhum compromisso com o trabalho. Convidou-me para jantar, numa noite de muito movimento em que o serviço não era lá essas coisas.

No início, ficamos na conversa, ele falava da guerra, do frio, nunca esqueceu o ataque a Stalingrado em que foi ferido e quase morreu. De repente, seus olhos começaram a ficar preocupados com a qualidade do serviço, com o qual nada tinha a ver.

Aos poucos, liberei-o da conversa e deixei que ele chamasse os garçons para reclamar. Um dos rapazes da copa deixou cair uma bandeja, ele não suportou. Pediu licença e levantou-se. Logo estava comandando tudo, atendendo os clientes, preparando o famoso *fettucine* nas mesas com aquele rebolado que é a marca registrada do Originale Alfredo di Roma.

Não tinha mais 82 anos. Voltara a ser um jovem mal saído das estepes russas. Dava ordens, em meia hora as coisas melhoraram no salão, na copa e na cozinha.

Quando notou que tudo corria bem, se sentou ao piano, tocou e cantou "Mala femina", a bela canção de seu amigo Antonio de Curtis, um príncipe napolitano que o mundo conheceu sob o nome de Totò, o maior cômico do teatro e do cinema italianos.

Na noite seguinte, fui eu que o convidei para jantar. Mas em outro restaurante.

Por causa do Sacadura

Seu Werner foi o primeiro corno que conheci. Era um suíço e um pleonasmo, pois usava suíças, aquela barba que rodeia o rosto como um anel. Sua cara daria excelente efígie para um selo postal. Era casado com uma morena rechonchuda, vagamente

baiana, que o traía às escâncaras com um tal de Sacadura, famoso apanhador de passarinhos e balões no Lins de Vasconcelos.

Ele tinha um armazém. Era o mais caro do bairro, o pai quando se referia a ele, dizia que era um ladrão. Pois um dia, seu Werner ficou sabendo que era passado para trás, uns diziam que por intermédio de carta anônima assinada por um certo "amigo fiel". Outros garantiam que houvera flagrante — detalhes escabrosos correram para pasmo geral.

Pasmo que foi ampliado quando o armazém dele começou a vender barato e a preço único. Tanto fazia comprar um quilo de farinha ou uma lata de sardinhas portuguesas: tudo custava um preço mínimo. Foi a primeira liquidação a que assisti, e a mais feroz. Em dois, três dias, o armazém ficou vazio.

Lembro a manhã em que ele, fechado o armazém por falta do que vender, deu um tiro nos miolos. Não ouvi o tiro mas volta e meia, em minhas noites de insônia, ouço aquele tiro. E penso no Sacadura, que mais tarde veio a ser balconista na loja Barcelos dos Parafusos. Hoje, ninguém mais se chama Sacadura. Por quê?

Bem, toda vez que anunciam uma liquidação, uma venda colossal de seja lá o que for, penso também no suíço e nas suas suíças. Daí que venho pensando nele com certa frequência, nesse tempo de privatizações em que estamos vendendo nossas estatais por preço vil e problemático serviço.

No caso de seu Werner, houve a peçonha do Sacadura, a prevaricação da mulher vagamente baiana. No caso do Brasil, fica difícil considerá-lo um corno, mas tudo é possível. Que amargura tamanha, que vergonha tal e tanta obrigam o governo a fechar o seu armazém? Somente uma coisa é certa: não faltam Sacaduras na praça.

A chaminé e a porta

A grande vantagem da criança sobre o adulto é o direito, a vontade e a necessidade que ela tem de perguntar tudo. Com o passar do tempo, esse direito, essa vontade e, sobretudo, essa necessidade vão acabando. Daí que o velho, em geral, nada mais pergunta.

Para quê? A quem? Evidente que o velho também cultiva suas dúvidas. E como qualquer outro sábio, sabe que pouco sabe. Tive a prova disso na véspera de Natal. Veio de Washington um netinho que acredita em Papai Noel e sabe que o bom velhinho desce pela chaminé, pois nos subúrbios da capital americana toda casa tem uma chaminé exatamente para facilitar a vinda de Papai Noel até a sala onde está armada a árvore de Natal.

Avisaram-me que não decepcionasse o guri, armei a árvore da melhor maneira possível, admito que ficou imponente, faiscando tão forte que suas luzes, no profundo da noite, se refletiam nas águas da Lagoa.

Pensei que obrara bem e que tudo estava resolvido. O menino veio, aprovou a árvore com entusiasmo e perguntou onde estava a chaminé. Bolas! Eu pensara em tudo, menos em chaminé!

Seria complicado explicar que na Lagoa as casas não precisam de chaminé. Foi mais fácil garantir que o Papai Noel, quando chega ao Brasil, depois de ter descido e subido em tantas chaminés pelo mundo afora, vem muito cansado e entra pela porta mesmo.

O garoto ficou maravilhado. Um Papai Noel que entra pela porta das casas, sem necessidade de se esfolar pelas chaminés! Não era à toa que, na escola maternal em Washington, DC, frequentada por ele nos dias pares, o Brasil tem fama de ser um país onde certas coisas acontecem.

Evitei que o assunto se aprofundasse. Mas invejei o garoto, que além da coragem de perguntar tivera a sabedoria de concluir. Vergado aos anos, fico eu com meus espantos e dúvidas, sem ter a quem perguntar por que o Papai Noel nunca veio para mim, nem pela chaminé que nunca tive nem pela porta que nunca soube abrir.

Maquinista da Central

Minha primeira vocação foi a de ser maquinista da Central do Brasil. Adorava trens, gostava de seus cheiros, gostava até dos dormentes salpicados de brasas extintas, caídas de suas fornalhas aquecidas pelo carvão vindo da Inglaterra.

Quis ser padre — essa foi não apenas a vocação definitiva, mas realmente única. Fora disso, não tive vocação para mais nada.

A diplomacia seria a última carreira que me seduziria. Mesmo assim a admiro. Outro dia, num jantar formal, fui colocado numa mesa em que havia um diplomata brasileiro e um presidente latino-americano, cujo nome era Flores.

Quando nos apresentamos, entendi que o Flores era o diplomata, e não o presidente. Passei o jantar inteiro, que durou duas horas, chamando-o de Flores.

O diplomata resistiu impávido. O presidente latino-americano não entendia nada. Cada vez que eu falava "não é bem assim, Flores, acho que..." ele olhava boquiaberto para mim e mais boquiaberto para o falso Flores. Deve ter levado em conta a sutileza dos idiomas. Nada mais complicado do que línguas parecidas.

Certa vez, em Havana, querendo me servir de uma sopa, pedi à dona da casa que me desse a sua concha. Ela arregalou os olhos. Só mais tarde me explicaram que, nas bandas hispânicas, *concha* é sinônimo chulo de outra coisa (vagina).

O diplomata nem arregalou os olhos. Aceitou placidamente que eu o chamasse de Flores. E com a sutileza dos bons diplomatas, evitou dirigir-se ao presidente pelo nome. Chamava-o de "senhor presidente".

Era o que eu devia ter feito. Nas poucas vezes em que tive de falar com ele, chamei-o de "Excelência". Foi o máximo de diplomacia que consegui até hoje. Realmente, tentei ser padre mas não deu. Devia ter sido maquinista da Central.

A Esquina do Regatas

Havia coisas que só aconteciam com o Botafogo, para ser exato, com o Botafogo de Futebol e Regatas. Não que o time ou o clube fossem azarados. Pelo contrário, tinha estrela, embora uma estrela solitária. Mas criou-se em torno dele um folclore de extravagâncias.

Uma delas: o time só vencia se as cortinas da sede social estivessem cruzadas e fechadas por um nó. Por isso mesmo, Zé Luiz ganhara o apelido de Botafogo de Futebol e Regatas, posteriormente simplificado para Futebol e Regatas. Como o nome continuasse longo, foi reduzido a Regatas.

Eu o conheci na fase em que passou de Futebol e Regatas para simples Regatas. Havia coisas que só aconteciam com ele. Dava sorte com mulheres, apaixonou-se por uma mulata, famosa do Posto 2 ao 5, com as coxas mais deslumbrantes do Rio, desde Estácio de Sá ao prefeito reinante, que se não me engano era o Negrão de Lima.

Por causa delas, Regatas tornou-se fiel, dizia-se casto, proclamava-se de uma castidade de fazer inveja a são Luiz Gonzaga, que nem olhava para a própria mãe porque se tratava de mulher.

Cinco anos durou a fidelidade de Regatas, até que, cumprindo a sua sina, quando novamente se apaixonou, em vez de uma descobriu que estava amando duas ao mesmo tempo. Rosnavam as boas e más línguas que as duas também amavam Regatas e exigiam que ele largasse a tal mulata das coxas deslumbrantes, que com o tempo começavam a ser devastadas pela celulite.

Espremeram Regatas contra a parede. Amado por três, amando duas e habituado a uma, ele tomou uma solução heroica. Partiu não para a terceira via (que já tinha), mas para a quarta, dando em cima de uma vizinha menor de idade.

Que não o amava e tinha um caso complicado com um finlandês de dois metros de altura. Que deu uma surra histórica em Regatas, na esquina da rua Miguel de Lemos com Barata Ribeiro. Que por isso mesmo passou a ser conhecida como a Esquina do Regatas.

Memória coletiva

Sempre que posso, e mesmo quando não posso, costumo apelar para a memória individual, quer dizer, a minha. Ninguém precisa me dizer que ela é parcial, seletiva e interessada. Sei disso muito bem e fico com ela. Não confio é na memória coletiva, que é sempre pior: representa a soma de parcialidades, seleções e interesses contraditórios.

Dou exemplos. Nos últimos tempos, li biografias de personalidades recentes, algumas ainda vivas. Das seis que recebi dos respectivos autores, cinco narraram o mesmo fato: a noite em que dois ladrões assaltaram o restaurante Antonio's, no Leblon, casa que não mais existe e que foi o principal reduto festivo da esquerda homônima.

Os ladrões botaram os frequentadores no banheiro e esvaziaram a caixa registradora. Consta que um dos detidos pediu que os assaltantes rasgassem os cheques pré-datados e sem fundos que estavam numa gaveta do balcão. Esse é o fato.

O banheiro daquele restaurante era uma obra-prima da arte de fazer banheiros. Tinha exatamente meio metro quadrado. E por pouco teria meio metro cúbico. A altura era um pouco maior do meio metro, chegava a metro e meio. Para entrar nele, um anão tinha de baixar a cabeça.

Nesse exíguo território, a memória coletiva colocou a totalidade da humanidade dita interessante. Todos os biografados, por acaso ou propósito, estavam ali na hora do assalto. Mais: amigos dos biografados também lá estavam, de maneira que naquele meio metro quadrado coube metade da população do Rio de Janeiro. A outra metade não era interessante.

Volta e meia um cara me é apresentado com a seguinte credencial: "Aqui o Fulano. Ele estava no banheiro do Antonio's quando dois ladrões etc."

Lembro outra manifestação da memória coletiva. No atentado da rua Tonelero, que iniciou a crise de agosto de 1954 cujo clímax seria o suicídio de Vargas, dois terços da humanidade haviam passado por lá minutos antes do tiro que matou o oficial da Aeronáutica.

Na verdade, havia três pessoas que provadamente estavam num botequim próximo: os jornalistas Armando Nogueira, Deodato Maia e Octavio Bonfim. Dois dias depois, não houve profissional da imprensa, de Gutenberg para cá, que não tivesse passado por aquela rua "pouco antes dos tiros".

E como houve uma busca alucinada pelos mandantes do crime, desafetos de cada grupo foram vistos nas imediações, atrás de árvores e postes. Jornais da época garantiram que estranhas e longínquas personalidades se espremiam umas contra as outras entre as esquinas da Hilário de Gouveia e Paula Freitas. Os mais citados eram Ademar de Barros, o marechal Mendes de Moraes, o Samuel Wainer, o ministro Danton Coelho, o embaixador da Albânia, o presidente da Associação Comercial, a vedete Mara Rúbia e até mesmo dom Helder Câmara!

Dou outro exemplo. Morava no Leblon, no prédio em frente onde foi morta Claudia Lessin Rodrigues, um crime complicadíssimo, que envolvia gente importante. Durou dez anos no noticiário.

Naquele sábado, no apartamento em frente ao meu, houvera o diabo na base de sexo, drogas e *rock*. A moça morreu de *overdose*, pegaram o corpo dela, botaram na mala de um carro, foram até a avenida Niemeyer. Amarraram uma pedra ao cadáver e o jogaram ao mar. Esse foi o crime em si.

Só fiquei sabendo de tudo pelos jornais, dois dias após. Eu não vira nem ouvira nada, apesar de minha varanda estar praticamente colada ao apartamento de Michel Frank, que era o principal suspeito. Pior: metade do Rio de Janeiro tinha passado embaixo do meu nariz para tirar uma casquinha da bacanal onde a boca-livre era ampla e irrestrita. Coisas terríveis haviam acontecido e eu nada vira nem suspeitara.

Deixo de citar as pessoas que foram vistas entrando ou saindo do prédio onde a esbórnia matara uma moça de 22 anos. Conhecidos meus de infância, de pelada da praia, de redação, gente da política e das finanças, artistas, inclusive dois atores italianos que estavam fazendo um filme no Brasil, um famoso travesti da praça, enfim, a memória coletiva botou meio mundo na minha rua, confraternizando, falando alto, bebendo e se drogando — e eu, a 15 metros de distância, lendo um relatório sobre o xisto betuminoso que me fora encomendado.

Citando exemplos da memória coletiva, retorno à memória individual, sempre mais confiável. Lembro-me de um personagem aqui do Rio, José Sanz, famoso pelas histórias assombrosas que contava sobre si mesmo. Certa noite, no escuro de um bar, ele narrava com detalhes como criara o mundo à sua imagem e semelhança.

Quando parou, um ouvinte teve a audácia de perguntar o que ele fizera depois de ter criado o Sol, a Lua, o dia e a noite.

Ele respondeu: "Aí, no sétimo dia, eu descansei."

Tentativa de explicação dos apelidos

Faz algum tempo, a barra não andava tão pesada para o meu lado, uma editora da praça encomendou-me um livro sobre os apelidos. Achei o assunto divertido mas a tarefa me obrigaria a pesquisas, não havia computador ainda, passaria horas, dias e semanas enfrentando a velha Remington que me garantira o pão, eu não estava farto dela, ela é que se fartara de mim. Por um motivo ou outro recusei o trabalho, nem por isso o tema deixou de me fascinar.

Antes de entrar na extensa relação dos apelidos, seria necessária uma introdução tentando explicar aquilo que nossos ancestrais chamavam de "alcunha". Em linhas gerais, essas tais alcunhas dividem-se em três grupos: as óbvias, as histórico-geográficas e as aleatórias. As melhores são essas últimas, que nascem não se sabe como e ficam não se sabe por quê.

Os apelidos óbvios entram pela cara, não precisam de nenhum adjutório para serem entendidos. São politicamente incorretos, como o "coxo", o "caolho", o "perneta", o "gaguinho", o "deixa-que-eu-chuto", o "pato rouco", que é o sujeito fanho. O "aleijadinho" entra na categoria.

Há variantes na categoria, como o "careca", que na maioria das vezes é um cara cabeludo. E o "farol da barra", que geralmente é um sujeito apagado, quase invisível.

Os apelidos histórico-geográficos tendem a ser eruditos. Aprecio personagens que passaram à história como Pepino, o Breve, Henrique, o Grosso, Luís, o Piedoso, Ivã, o Terrível, o Barba-Roxa, o João Sem-Terra. Os geográficos são simbólicos: um "baiano" muitas vezes é "cearense", e vice-versa.

Os aleatórios dividem-se em explicáveis e inexplicáveis. Entre os explicáveis está Tiradentes, que foi um arranca-dentes no batalhão onde servia como alferes. Entre os inexplicáveis, Garrincha e Cuba — um crioulo que morava na Ilha do Governador e que nunca foi a Cuba nem sabia onde era.

Bons mesmo são os apelidos que desfilam em nosso cotidiano. Lembro-me de um professor de geografia cujo nome esqueci, mas cujo apelido era "Coordenada Terrestre". Evidente que ele usava essa expressão em suas aulas, mas usava outras também, como fuso horário, linha imaginária, bacia hidrográfica, região equatorial etc. O que pegou foi a coordenada terrestre.

Conheci um barítono do coro do Theatro Municipal cujo nome também esqueci. Todos o chamavam de "É hora!". O apelido é um pouco difícil de explicar, mas vamos lá. No 3º ato da *Tosca*, o pintor Mario Cavaradossi está para ser fuzilado no Castelo Sant'Angelo (antiga Tumba de Trajano). Canta uma das árias mais conhecidas do repertório, tem um dueto com Tosca e, novamente sozinho, prepara-se para o grande final.

Na penumbra do amanhecer, eis que aparece o guarda que vem buscar o prisioneiro para o fuzilamento. Seu papel reduz-se a duas palavras: "É hora!" O sujeito estudara canto a vida inteira, fizera cursos no exterior, exercitava a voz diariamente. Tudo isso para quê? Uma vez por ano enfrentava maquiagem, botava uma farda complicada fedendo a naftalina, esperava o contrarregra dar o sinal, olhava o maestro no poço da orquestra chegar ao compasso e berrava para a plateia horrorizada: "É hora!"

Outro que conheci atendia pelo apelido de "Duzentos Mil-Réis". Também merece explicação. Antes da era dos sorteios tipo papa-tudo, havia o do jogo do bicho, que era clandestino, ninguém sabia e ainda não se sabe como é sorteado. O outro, duas vezes por semana, era o da Loteria Federal, que, sendo oficializado, merecia a honra de ser transmitido por uma rádio da época.

Pegavam meninos de um asilo e duas esferas cromadas rolavam. Uma dava o número sorteado, a outra dava a quantia premiada. Um dos meninos cantava uma espécie de ladainha, um cantochão lúgubre: "Cinco mil, trezentos e noventa e sete..." O outro menino apanhava a bolinha correspondente e emendava no mesmo tom triste, desolador: "...Duzentos mil-réis!"

Como os prêmios eram muitos, a ladainha durava a tarde inteira. Eu tinha pavor desse programa, mas havia gente que o ouvia religiosamente, mesmo sem ter jogado na loteria.

Já adulto, trabalhando em jornal, um dia esbarrei com um revisor (por sinal, muito bom) cujo apelido era "duzentos mil-réis". Um dia, tomando um chope no Marialva, o bar em frente ao jornal, perguntei-lhe a razão do apelido. Ele havia sido um dos meninos do asilo que, duas vezes por semana, ia à extração da Loteria Federal e cantava a quantia relativa aos prêmios.

Arrastava o apelido desde criança, não se importava com ele, casara, tivera filhos, comprara uma casinha em Cachambi, estava apertado. Perguntou se eu podia emprestar-lhe duzentos mil-réis até o final do mês. Evidente que emprestei.

Ele nunca me pagou, mas eram apenas duzentos mil-réis. Pior para mim seria se ele, na infância pobre, em vez de cantar os prêmios menores, cantasse o prêmio maior da Loteria Federal, que naquele tempo, se não me engano, era de cem contos de réis.

O Apolo da Lagoa

Mais de vinte anos morando na Lagoa, durante muito tempo sempre o via quando dava minhas voltas pela margem que vai da Fonte da Saudade ao canal do Leblon. Era um senhor atlético. Apesar dos cabelos brancos e ralos, o físico fazia babar muito jovem halterofilista. Nenhuma gordura, só músculos. Passava por mim como uma locomotiva, resfolegando, o suor brilhando na pele queimada de sol.

Devido à sua concentração, ele nem me notava. Não era o meu caso. Andava por andar, pensando na vida e olhando o mundo, olhando inclusive para ele, que eu via de longe naquela reta perto da sede náutica do Botafogo. O passo dele era sempre o mesmo, nem depressa nem lento, uma coisa sincronizada, imutável. Como os trens do regime de Mussolini, eu podia acertar meu relógio por ele. Vinha sempre à mesma hora, no mesmo ritmo.

Um dia, houve um desastre ali na curva do Calombo, lugar fatídico na topografia local, responsável por danos e mortes. Juntou polícia e gente. O homem-máquina teve de parar, aguardando que a pista fosse liberada.

Nunca o tinha visto em repouso. Era realmente um Apolo maduro. Ele percebeu que eu o observava e veio falar comigo. Pior: me conhecia. A filha dele, havia tempo, fizera um trabalho escolar comigo, ele me telefonara pedindo-me para recebê-la, eu morava então na Raul Pompeia, fazia um tempão.

Para desviar a conversa de mim, elogiei-lhe a forma física, a concentração que dedicava à corrida, a pontualidade de seus exercícios. Ele então me olhou e perguntou se podia ser sincero. Disse que sim. Aí ele me esculhambou de alto a baixo. Eu perdia o meu tempo e a minha saúde andando como andava, sem passo certo, sem movimentar os braços e as mãos, na postura errada que causa desvios de coluna, obesidade, o diabo.

Mais não falou porque desimpediram a pista e ele continuou sua corrida rumo à Fonte da Saudade, e eu voltei a caminhar como uma lesma fatigada em direção ao Corte do Cantagalo.

Mudei o horário das minhas caminhadas para evitá-lo, ele insinuara uma experiência comum, me ensinaria alguns macetes para aguentar a dureza do exercício.

No último domingo, perdi minha hora matinal e quando fui andar na Lagoa tinha a certeza de que iria encontrá-lo. Fui e voltei até o canal do Leblon e o homem não apareceu. Parei para tomar um coco, perguntei ao vendedor se conhecia um senhor assim, assim. Lógico, todos o conheciam e admiravam sua forma atlética.

Mas houvera um problema: coisa de semanas atrás, ele tivera um troço, ali naquele trecho onde alugam pedalinhos. Um médico que ia passando tentou reanimá-lo com massagens no peito, respiração boca a boca.

Quando a ambulância chegou, colocaram-no na maca, o lençol cobrindo-lhe o rosto. Já era um sinal macabro. Que foi completado por uma espécie de código. Uma velha que ia passando, mesmo sem saber de quem se tratava, pronunciou o elogio definitivo: "Nunca fez mal a ninguém!"

A luz azul

O califa Abdul ibn Ahmed acordou no meio da noite e foi à sacada de seu palácio olhar Bagdá adormecida. Ficou encantado ao ver que havia uma luzinha azul acesa numa casa distante, indicando que ali alguém velava, trabalhando ou orando. Quem seria?

Na manhã seguinte, ao saborear o seu narguilé (não sei se califa saboreia narguilé, mas deixa pra lá), comentou com o servo que o atendia. Ficou surpreendido: o servo declarou que passara a noite orando a Alá pela saúde do califa.

Abdul ibn Ahmed o recompensou com cem moedas de ouro. E quando foi despachar com o grão-vizir, elogiou o servo com palavras tais e tantas que o grão-vizir resolveu confessar:

— Oh, Pai dos Crentes! (Também não sei se califa é Pai dos Crentes mas vamos lá.) Esse servo é um infiel, mentiu como um cristão! Quem passou a noite velando e orando pelo meu Amo e Senhor fui eu!

Admirado, o califa deu-lhe quinhentas moedas de ouro e prometeu-lhe metade de seu califado para breve. Mas logo entrou um muezim (não sei se é muezim mesmo, refiro-me àqueles caras que ficam rezando do alto dos minaretes) e Abdul ibn Ahmed ficou sabendo que tanto o servo como o grão-vizir haviam mentido.

Quem passara a noite velando e orando fora ele. O califa deu-lhe mil moedas de ouro e prometeu que o tornaria seu sucessor.

A tarde caíra sobre a cidade e veio a noite. O califa dormiu logo, mas despertou subitamente. Foi à sacada e ficou assombrado: Bagdá inteira estava iluminada, fosforescente. De todas as casas vinha uma luz azul.

Só então Abdul ibn Ahmed descobriu que governava uma cidade de bajuladores. Alá jamais ouviria as preces daqueles sabujos. Daí que resolveu orar para si mesmo.

Li essa história quando era criança, não sei se em Malba Tahan. Ou em Humberto de Campos, que também fazia uns contos orientais. Conto-a a meu modo porque a julgo oportuna nesses tempos em que todos passam a noite orando pela felicidade do califa.

O rato atropelado

Não era grande, mas devia ter o tamanho de um passarinho adulto — embora deva estar errado, não sei se existem passarinhos adultos, todos me parecem crianças. Ele se contorcia à minha frente, ensanguentado, a Kombi que ia à minha frente pegara-o na travessia da pista, ele ia de um ralo para outro, no destino e na trajetória dos ratos desde que mundo é mundo e desde quando nem havia ralos.

Se não havia ralos, sempre existiram ratos. São espécie antiga, anterior ao homem e seguramente sobreviverão ao homem, habitarão o nosso planeta deserto e assim, pelo menos, nenhum deles será atropelado por uma Kombi.

Desviei o carro, não por caridade, mas por higiene. Se passasse por cima, teria apressado seu fim e aliviado a sua dor — pois os ratos também sentem dor, eu vi suas convulsões. Como aqueles aristocratas que não queriam sujar a fivela prateada de seus sapatos com a lama dos burgos miseráveis, eu não quis manchar a negrura dos pneus do carro com o sangue de um inocente — embora nenhum rato deva ser inocente.

Eles transmitem doenças, são asquerosos, mulheres desabam em vergonhosas vertigens quando alguém grita que há um rato no pedaço. Mesmo assim, servem de cobaias para a ciência e muita gente deve a eles o fato de ainda estar viva. Um escritor russo, como suprema ofensa à cultura norte-americana, disse que o maior ator dos Estados Unidos era um rato chamado Mickey.

Tenho agora nas mãos um rato branco e asséptico que me ajuda a consertar os erros de digitação. Não melhora meu estilo nem minhas ideias, mas melhora o visual dos textos. O Ruy Castro tem tanto pavor de ratos que nem usa o *mouse*, prefere usar aquelas teclas aqui ao lado que dão mais trabalho e nem sempre o mesmo resultado.

Bem, acho que devia ter passado por cima do rato já previamente atropelado. Abreviaria a sua agonia, seria uma misericórdia que não se deve negar nem aos ratos nem aos tecnocratas.

Velho estojo para novos mil anos (I)

Estamos mudando de século, coisa que, segundo meus cálculos, em geral não muito confiáveis, acontece de cem em cem anos. E, ao mesmo tempo, estaremos mudando de milênio, quando a barra será mais em cima. Se não estou enganado, trata-se de evento que ocorre de mil em mil anos, troço pra burro.

Pessoalmente, não tenho muita curiosidade pelo novo século e muito menos pelo próximo milênio. Acho que tudo vai continuar como antes, o futuro que nos aguarda pode ser emocionante para a humanidade como um todo, mas para cada um de nós, indivíduos, eternos *free-lancers* no ofício da vida, ficaremos mais perto daquele fim que nos espera a todos. Morrer no século XX ou no XXI dará na mesma.

Nascer é que pode ser diferente. Cada ser humano que agora nasce é uma alternativa da camisinha. Antes era diferente. Nascia-se por um ato de amor ou de distração. Muitos nasciam sem querer, é certo, mas com as campanhas contra a aids e doenças sexualmente transmissíveis, somadas aos apelos de governos e ONGs espalhados pelo mundo, tentando controlar a explosão demográfica do planeta Terra, nascer será uma aventura e, ao mesmo tempo, um ato de contestação.

Como já faz bastante tempo que nasci, se não bater as botas nos meses que ainda faltam, o que me sobrará de importante para fazer é morrer mesmo — e acredito que morreremos da mesma forma que morremos até agora. Não será um problema do novo século, mas nosso. E nem chegará a ser um problema em si, pois não há nenhuma solução no ato de morrer, pelo contrário, morrer é que soluciona todos os problemas.

Li não sei onde que haverá muita confusão no campo da informática e dos computadores. Justamente no milênio que será dominado pela eletrônica, pela digitalização, quando na tela do meu *notebook* eu poderei transar com a mulher que eu quero, no ambiente que escolher, quando ao toque de uma tecla eu terei acesso aos segredos do Pentágono (que, aliás, não me interessam) e aos arquivos do Banco Central da Tailândia (que tampouco me emocionam), justamente nesse setor é que se anuncia baita confusão por causa da numeração do novo milênio, que começará com um "2" e não com o inarredável "1" que há exatos mil anos escrevemos em nossos cheques, cartas e documentos vários.

Como o problema não chega a ser meu, deixo a preocupação para os entendidos. Pensando bem, eu poderia até cultivar algum ressentimento contra esses entendidos que bagunçaram os últimos anos de meu obscuro viver, obrigando-me, na idade provecta, a reviver práticas e rotinas do jardim de infância, quando comecei a tomar intimidade com letras, números, com a escrita e a leitura.

Explico-me melhor: no dia em que encarei o meu primeiro *notebook*, a reminiscência foi a do pequeno estojo escolar que ganhei aos cinco anos, quando fui para o Jardim de Infância fazer não sabia exatamente o quê. Achava o nome bonito, jardim de infância, imaginava que era um jardim mesmo, cheio de flores, lagos, um lugar fantástico, destinado aos meninos bem-comportados e merecedores de uma paisagem especial como prêmio ou estímulo.

Não era nada disso: caí numa sala apertada, onde havia um quadro-negro sinistro que cheirava a giz, no qual estava a primeira palavra que me ensinaram a ler: Silêncio! (Não tenho certeza se havia a exclamação, devia estar embutida na própria palavra.) À minha volta, meninos que metiam o dedo no nariz e que olhavam com avidez para a minha merendeira, da qual saía o gostoso cheiro de um pão com goiabada e queijo.

Tudo era estranho e ameaçador, mas havia um consolo: eu ganhara de meu pai o tal estojo escolar, uma caixinha comprida, de madeira clara e envernizada, com uma tampa corrediça na qual figurava um ramo de rosas, muito vermelhas e delicadas, que se destacava do tom creme que lhe servia de base.

Olhava aquele ramo de rosas e me encantava. E me encantava mais quando sabia que, ao abrir aquela tampinha comprida, que deslizava pelos bordos da caixinha, sentiria aquele cheiro que nunca esqueceria, o cheiro do meu primeiro estojo escolar. E dentro dele, quietinhos, arrumadinhos, novinhos em folha, havia meia dúzia de lápis coloridos Johann Faber, uma lapiseira cromada, uma borracha bicolor, metade azul, metade vermelha, um apontador, uma régua. De tudo aquilo saía o tal cheiro que me tonteava de prazer.

Nada sabia o que fazer com aquilo, mas bastava fechar e abrir o estojo para sentir aquele perfume diferente dos extratos que minha mãe usava, e que me enjoavam um pouco. Diferente sobretudo da brilhantina que o pai metia nos já ralos cabelos que lhe sobravam e que, uma tarde, num passeio que fizemos à Quinta da Boa Vista, ele cismou de lambuzar nos meus próprios cabelos e levei dias para ficar livre daquele cheiro que me deu — acredito — a primeira de uma comprida série de dores de cabeça que me aguardava no ofício de viver.

Ao longo do século que está acabando fui esquecendo de muita coisa que aconteceu com os outros e comigo. Mas nunca esqueci aquele cheiro, aqueles lápis coloridos Johann Faber, a borracha bicolor, a régua, o apontador, que lembro agora, era verde e um pouco transparente.

Corte no tempo e de repente tiro de um outro estojo, negro e molenga, sem cheiro nenhum, o primeiro *notebook*. Negro também. Nenhum ramo de rosas na tampa. Faço um esforço para desculpar a tecnologia de ponta, sim, não iriam perder tempo em mandar gravar na tampa dos engenhos eletrônicos uma coisa cafona e inútil. Em vez das rosas vermelhas, um nome cabalístico e impronunciável: IBM. O que seria isso? O que estaria dentro daquelas três letras que não faziam som nem podiam significar alguma coisa?

Abri a tampa. Sim, era afinal um estojo escolar superdotado, não tinha lápis Johann Faber nem apontador, muito menos borracha em duas cores. Tinha uma porção de teclas e comandos encimados por aquilo que minha filha me ensinou serem "ícones". De certa forma, era uma tentativa de compensar a falta da borracha, da régua, dos lápis e da lapiseira. Eu poderia escrever tudo o que quisesse ou que fosse aprendendo, vovô viu a ave, Ivo viu a uva — mudavam os instrumentos, a essência podia ser a mesma.

De qualquer forma, era preciso tomar cuidado. Ao contrário do meu primeiro estojo escolar, que nunca me pregou nenhuma peça, o estojo eletrônico é solerte, quando menos se espera ele emperra, recusa-se a obedecer ou, o que é pior, obedece errado, como aquele Hall-90 do filme de Stanley Kubrick que fez dois humanos viverem uma odisseia no espaço ao som da estridente música de Richard Strauss.

Bem, é por essas e outras que não saudarei o novo século e, muito menos, o novo milênio. Nem perco tempo em imaginar como serão os estojos escolares daqui a mil anos, quando a humanidade ingressar no quarto milênio. Aproveito a meu modo o que me resta de tempo. O Jardim de Infância está acabando, logo tocará a sineta e eu ainda nem comi o pão com queijo e goiabada que minha mãe me preparou para o recreio que não houve.

Estojo escolar (II)

Noite dessas, ciscando num desses canais a cabo, vi uns caras oferecendo maravilhas eletrônicas. Bastava telefonar e eu receberia um *notebook* capaz de me ajudar a fabricar um navio, uma usina nuclear, uma estação espacial.

Minhas necessidades são mais modestas: tenho um PC mastodôntico, contemporâneo das cavernas da informática. E um *notebook* da mesma época que começa a me deixar na mão. Como pretendo viajar esses dias, habilitei-me a comprar aquilo que os caras anunciavam como o top do top em matéria de computador portátil.

No sábado, recebi um embrulho complicado que necessitava de um manual de instruções para ser aberto. Depois de mil operações sofisticadas para minhas limitações, retirei das entranhas de isopor o novo *notebook* e coloquei-o em cima da mesa. De repente, como vem acontecendo nos últimos tempos, houve um corte na memória. Tinha cinco anos e ia para o Jardim de Infância. E vi diante de mim o meu primeiro estojo escolar.

Era uma caixinha comprida, envernizada, com uma tampa que corria nas bordas do corpo principal. Dentro, arrumados em divisões, havia lápis coloridos, um apontador, uma lapiseira cromada, uma régua de vinte centímetros e uma borracha para apagar meus erros.

Da caixinha vinha um cheiro gostoso, cheiro que nunca esqueci e que me tonteava de prazer. Fechei o estojo para proteger aquele cheiro, que ele ficasse ali para sempre, prometi-me economizá-lo. Com avareza, só o cheirava em momentos especiais.

Na tampa que protegia estojo e cheiro, havia estampado um ramo de rosas vermelhas que se destacavam do fundo creme. Amei aquele ramalhete — olhava aquelas rosas e achava que nada no mundo podia ser mais bonito.

O *notebook* que agora abro é negro, não tem nenhuma rosa na tampa. E, em matéria de cheiro, é abominável. Cheira a telefone celular, a cabine de avião, ao aparelho de ultrassonografia onde outro dia uma moça veio ver como sou por dentro.

Piorei de estojo e de vida.

Uma noite no Scala

A folhinha pendurada no hotel marcava uma data: 7 de janeiro de 1975. Desde dezembro andava de lá para cá, enfrentando as estradas e o mau tempo do norte da Itália. Chegara a Milão pela manhã, deixando atrás de mim uma Veneza ensolarada mas triste, com suas chagas recentes e seus palácios fatigados. Tencionava dormir o dia inteiro mas o porteiro me avisou que havia Scala: se corresse, ainda poderia comprar uma galeria no velho teatro. O programa tentava: uma *La Bohème* em comemoração ao cinquentenário da morte de Puccini. Elenco da pesada, com Mirella Freni no papel principal, regência de Herbert von Karajan, direção-geral de Franco Zeffirelli.

O hotel não ficava longe da *piazza* onde outrora existira a Igreja de Santa Maria della Scala, em cuja área o arquiteto Piermarini construiu o teatro que se tornou o mais famoso do mundo. Não perdi tempo e paciência esperando um táxi: fui a pé.

Deixei o ano da graça de 1975 e por uma curiosa e indolor máquina do tempo penetrei naquele *piccolo mondo* que parou no espaço e ficou como um oásis da bela época encravado nesta bruta época que é a nossa.

Ao enfrentar o bilheteiro, já não estava mais em 1975, mas em 1900: o homem usava costeletas, bigodes, colarinho e ideias daquele ano. Não vendia mais nada. Nem que lhe desse a Amazônia como suborno, ele poderia me arranjar uma galeria.

Quanto às poltronas, bem, havia cambistas pelas imediações. Farejaram o forasteiro que ali estava, com aflições na alma e dólares no bolso.

Um deles, com cara de sobrevivente da batalha de Caporetto, diminuiu eficientemente as duas coisas: fiquei com menos aflições e dólares, mas tinha agora dois bilhetes amarelos que me davam direito a duas poltronas vermelhas na imensa plateia — dourada e cheia de sons — do Teatro alla Scala de Milão. E, além dos bilhetes, ganhei o direito de participar do clima de exaltação que rondava o espetáculo.

Oficialmente, a direção do teatro não comunicara nada, mas se sabia que La Freni não iria cantar. Ela estaria *ammalata*, doente. Faz parte da tradição as divas ficarem doentes antes das grandes estreias. Contudo, rosnava-se que a doença era falsa. La Freni não queria cantar sob a direção de Von Karajan. E dentro da rosnação geral surgia uma maledicência subalterna: maestro e cantora haviam tido um caso tempestuoso, cujo *grand finale*, em Viena, quase terminara em morte — como nas óperas.

Conheço Mirella Freni de disco e achei que era muita cocada ouvi-la de corpo e voz presentes, sob a direção de Von Karajan, a quem já conhecia de um festival em Salzburgo. E estava disposto a pedir um abatimento nas entradas quando um *carabiniere*, que àquela altura da manhã já policiava a fila que se formava para as galerias, garantiu-me que Herbert von Karajan também não regeria a ópera. E pelos mesmos motivos: preferia quebrar a batuta a ter de trabalhar com La Freni. Voltei à bilheteria e pedi garantias: afinal, haveria mesmo uma ópera ou o Scala escalaria o Mazzaroppi? O homem respondeu dignamente: o *signore* Mazzaroppi não cantaria naquela noite, essa era a única certeza que me dava. Nem havia certeza se cantaria nos dois próximos anos. No resto — como na Itália em geral e na ópera em particular —, tudo era possível.

No final da tarde, a portaria do hotel telefonou para o meu quarto avisando-me que o rádio acabara de anunciar: La Freni estava mesmo *ammalata*, Herbert von Karajan não regeria. "E quem cantará afinal?", perguntei. Uma romena, Ileana Cotrubas, que precisava estourar. O maestro seria Georges Prête. Os dois estavam dispostos a fazer o público esquecer La Freni e Von Karajan. Seria um duelo com a glória.

A folhinha continuava marcando o ano de 1975, mas, a qualquer momento, o cabo submarino daria a notícia: o *Titanic* acabara de bater num *iceberg*. E, em Sarajevo, um estudante matara um arquiduque.

A nobreza milanesa comparecia unida. Não é parecida com o seu ramal romano, que é constituído de nobres decadentes, mas com papas na família. Em Milão, a nobreza é industrial: os nomes não lembram papas, mas aperitivos, pneus e automóveis. Martinis, Pirellis e Ferraris servem de moldura aos Agnelli — os novos reis da Itália.

No dia seguinte, os jornais de toda a Europa comentariam aquela noite no Scala: seria "uma das mais perfeitas de sua história." De minha parte, voltei para o hotel assombrado comigo mesmo. A *nebbia* embaçava os lampiões, o asfalto úmido me conduzia para o hotel e para o ano da graça de 1975. Por um momento parei num cruzamento e fiquei indeciso, se devia continuar ou não. Deixara um mundo defunto, com suas Mimis tuberculosas e suas Musettas levianas.

No fim da praça, a silhueta neoclássica do Scala preparava-se para dormir o seu sono de duendes e sons. No Rio, àquela hora, devia estar fazendo uma noite quente e perfumada pelo mar de verão. Tive medo de não encontrar os escombros do mundo em que vivia.

Ele ali estava, intacto. Mas desconfiei que em mim não havia o mesmo homem.

Perúgia

De Roma, são duas horas de carro. Deixa-se a Cidade Eterna, corta-se o Lácio em direção ao norte e penetra-se na região verde e perfumada da Úmbria, terra de vinhedos, de santos e pintores. Abandonada a estrada principal que leva à Florença, a paisagem começa a mudar. Ora de um, ora de outro lado, aparecem aquelas cidades de pedra encarapitadas nos morros, parecem castelos em ruínas, mas são cidades vivas que resistem ao tempo como resistiram aos cercos da Idade Média e às pestes da Renascença.

De repente, no fundo mais fundo do horizonte, aparece a silhueta de uma cidade um pouco maior, com duas torres elegantes alçando-se contra o céu da Úmbria: é Perúgia, capital da região, marco de civilizações antigas. Ali foi terra e vila do povo etrusco, pai dos romanos, e ali a Idade Média floresceu tal e tanto que a cidade tornou-se rival de Florença e Siena. Os melhores pedaços da Europa medieval, os mais imponentes e intactos, ali estão, atrás do Palazzo dei Priori.

É descer a Maestà delle Volte e invadir, em silêncio, 12 séculos de passado, que ali permanecem, não como pedaço de museu estático, mas como parte viva da cidade com seus restaurantes e seus *uffici* de muitos ofícios. E ali, naquele chão, naquela muralha feita de pedra e tempo, o cheiro é estranho, cheiro de pão e história, um pouco adocicado, úmido e forte.

Perúgia é mais do que a Idade Média, mais do que o fabuloso poço etrusco, uma das mais notáveis relíquias do passado mais remoto da Europa. Perúgia é também o delicioso palácio dos priores, com seu Collegio del Cambio e sua Galeria Nazionale d'Umbria, suas fachadas do *Risorgimento*, enfim, uma súmula não apenas da Itália, mas da própria civilização humana.

Não muito distante dali, é só olhar para o lado e encontrar a imensa e suave massa do santuário de Assis — a cidade que escapa ao turismo e vive da peregrinação de milhões de seres humanos, através dos séculos, buscando naquele ar encantado a pureza que gerou o homem mais doce dos humanos todos, o irmão sol e a irmã lua, irmão dos peixes e das aves, e da alvorada e do *tramonto*, da vida e da morte. Lá dentro, nos sítios sagrados do franciscanismo, há que admirar a imensa galeria de afrescos: Giotto em primeiríssimo e santificado lugar, escrevendo com figuras e tintas a história daquele rapaz que abandonou família e riqueza e foi o primeiro a fazer a estrada sem lenço nem documento, pai e padroeiro de todos os que tentam e sonham porque tentam.

Há um mistério especial em toda a Úmbria, a publicidade oficial vende a região como "o coração verde da Itália", sim, é um coração e é verde, mas é uma região que firmou um pacto com o mistério, com o amor e, em certos sentidos, com a solidão.

Pois além de Assis está Norcia, terra de outro místico, Bento, o primeiro a dar ao homem a alternativa de sua própria solidão, de seu silêncio. São Bento e são Francisco marcam a Úmbria com o peso de suas ordens e regras, no mundo inteiro há sempre um convento franciscano ou um claustro beneditino que prolongam a Úmbria pelo tempo e pelo espaço, uma Úmbria eterna e santificada.

E há ainda Spoleto, cidade onde se realiza o Festival dos Dois Mundos, cenário perfeito e imaculado para o drama e o canto, o balé e a ópera. Do velho castelo que se vê ao longe, cortando a linha do céu que é aberto e limpo em toda a Úmbria, Lucrécia Bórgia governou papas e cardeais, príncipes e reis. Muitos os mistérios da Úmbria. Mas antes que a noite caia, há que retornar a Perúgia, roca e rocha de tempo e amor.

A cidade-fantasma, sepultada viva

Foi pouco depois do meio-dia: não devia haver folhinha na época, mas, se houvesse, em alguma loja estaria marcada a data: 24 de agosto de 79. Estavam longe os tempos das lutas entre etruscos, fenícios, gregos e romanos pela posse da cidade. O mundo vivia a

pax de Augusto, as cidades não fechavam suas portas. Pouco antes, nascera numa província de Roma um judeu que ainda não incomodava a potência e o prazer do império. Pompeia era isso mesmo: a cidade destinada ao prazer dos romanos da alta classe média.

De repente, o Vesúvio cuspiu fogo, pedras e cinzas. Dos vinte mil habitantes da cidade, mais de dois mil morreram na hora. A morte surpreendeu a cidade num instante de sua verdade: o padeiro abandonou a massa em cima da mesa, o guarda não teve tempo de fechar o depósito das armas, os mercadores da Via dell'Abbondanza deixaram suas ânforas com vinho, azeite e mel em cima do balcão. A cinza e a pedra adormeceram o momento de uma cidade. Tácito deixou pequena referência à tragédia, recebera carta de Plínio, o Moço, narrando o desaparecimento de seu tio, Plínio, o Velho, que por acaso estava com a sua esquadra nas imediações de Nápoles e tentou ajudar a cidade que submergia no pó escaldante.

Bela adormecida, Pompeia repousou 15 séculos sem que ninguém soubesse o seu local exato. Até que, em 1594, o arquiteto Domenico Fontana resolveu construir um aqueduto que levasse água do rio Sarno até Torre Annunziata, um subúrbio napolitano. Os operários cavavam a terra cor de chumbo quando um deles encontrou um buraco, e logo em seguida ruínas com inscrições. Pompeia era uma cidade de grafites, alguns políticos, outros comerciais, a maioria pornográficos. Mas ninguém teve certeza de que se tratava da antiga Colônia Cornelia Veneria e a cidade continuou adormecida até que, em 1748, o rei Carlos de Bourbon, desejando recuperar algumas obras de arte que já se encontravam semidescobertas, iniciou o trabalho das escavações.

A partir de 1860, Giuseppe Fiorelli começou a pesquisa arqueológica. Pouco a pouco, Pompeia foi despindo sua túnica de cinza para surgir aos olhos atônitos do homem moderno como um fantasma que deixa a sepultura, redivivo e imortal.

É muito mais do que a múmia de uma cidade. Morta, ela continua viva, apenas abandonada por seus habitantes. O anfiteatro e a arena ainda parecem prontos para o espetáculo. À saída do teatro, uma espécie de lanchonete tem os balcões estrategicamente situados para vender refrescos e cachorros-quentes. E se depois de distrair o espírito alguém desejasse distrair a carne, não precisava perguntar pelo bordel: era só seguir a direção apontada pelos falos de pedra e ia dar lá. Bastava pegar a Via degli Augustali e dobrar à direita no Vincolo del Lupanare, onde se situa o próprio.

É uma casa relativamente pequena, com quartos embaixo e em cima. Pompeia recebia forasteiros que atravessavam os cinco mares que banham a península Itálica para se deliciarem na Riviera daquele tempo, a bela Partênope, que mais tarde se transformaria na divertida Nápoles de hoje. Evitando equívocos, cada prostituta colocava em cima de sua cama um interessante quadrinho que ilustrava a sua especialidade sexual. A imagem já valia dez mil palavras e aquilo funcionava como um símbolo universal, pois as línguas variavam, mas o desejo era o mesmo.

Rica na arquitetura, nos deuses e nas artes, Pompeia era pobre em imaginação: apenas seis modalidades de sexo, quando o Kama-sutra oriental reuniu 48 maneiras de se praticar o pecado da carne. (Bem verdade que o Ocidente lavou a égua mais tarde, no Concílio de Trento, quando os padres conciliares conseguiram catalogar a extraordinária marca de 369 variações.)

As casas formam um capítulo à parte na vida de Pompeia. As mais bonitas têm o *pluviarium* à entrada e o *lararium* onde se cultuava o nume tutelar e donde se originou a ideia física do lar. A mais bela de todas — segundo os entendidos — é a casa do Fauno Dançante, mas outras há de garbo igual e idêntica formosura. A Casa de Menandro, onde foi encontrado um tesouro em prata. A Casa dei Vettii, com seus afrescos vermelhos, negros e dourados. A Casa de Cornélio Rufo e a Vila dos Mistérios são também conjuntos notáveis.

Cada visitante que chega a Pompeia pode escolher a sua casa. Para aqueles que se formaram (ou se desinformaram) no culto aos clássicos, a mais emocionante talvez seja a Casa do Poeta Trágico. Não pela casa em si, mas pela inscrição que ali foi colocada: *cave canem*. Cuidado com o cão. Há dois mil anos serve de exemplo para a regência do verbo. Poderia ser, também, *cave hominem* — cuidado com o homem.

Cada peregrino que deixa Pompeia, ao sacudir de suas sandálias o pó de vinte séculos, leva dentro de si alguma coisa de novo com gosto de antigo. O novo e o velho ficam por conta das ruínas. Tal como as estrelas do poeta, é preciso amá-las para entendê-las.

Lenda e realidade no azul de Positano

Não é longe para quem está em Roma: 250 quilômetros apenas, pegando a estrada que vai para Nápoles, passando por Monte Cassino, nem se precisa entrar nas complicadas ruelas napolitanas, há uma estrada periférica que vai diretamente a Castellamare di Stabbia.

Depois é embicar a viatura para Sorrento. Deixando a bela baía para trás, é prestar atenção às curvas da pequenina estrada que corta a rocha vulcânica, pedaços de fogo que o Vesúvio vomitou ao longo dos séculos. De repente, imensa poça azul aberta ao sol, surgem as águas de Positano, águas históricas, foi ali que Ulisses pediu aos companheiros que o amarrassem ao mastro de sua jangada, para impedir que o canto das sereias o arrastasse para o fundo das grutas azuladas.

Ainda são as mesmas, são grutas enfeitiçadas, há que tomar cuidado para não olhar demais, se o viajante mergulhar mais fundo, nunca mais voltará a ser o mesmo. Positano é o encontro da lenda com a realidade simples, extraviada dos roteiros turísticos, uma vila de pescadores derramada pelas fendas da montanha, uma única rua que sobe e desce pelas encostas, presépio e castelo, foi ali que John Steinbeck parou e ficou repetindo como o corvo de Poe: nunca mais!

Esse podia ser o lema para a cidadezinha que os etruscos já haviam usado para suas embarcações que buscavam o golfo de Ischia. Só mais tarde os romanos descobriram que entre Positano e Ischia havia um rochedo cheio de cabras — e Capri está ali mesmo, muralha que nasce das águas, quando Tibério tomou horror aos homens e às coisas, ali se isolou. E governou o maior império do mundo daquelas pedras que ainda ameaçam rolar.

Positano ficava à margem da rota imperial que mantinha Tibério ligado a Roma — também até hoje Positano está fora de rota, é preciso silêncio e paz para descobrir cada dobra da montanha que mergulha no azul das águas estouradas dos seios das sereias — bem em frente ficam as duas pequeninas ilhas que os etruscos já conheciam como ilhas das Sereias.

A melhor maneira para se chegar a Positano é ir. A vila, em si, é uma ladeira de casas encostadas umas nas outras e todas nas rochas vulcânicas, descendo em direção ao mar sempre azul, um azul forte, profundo, águas temperadas, nunca estão frias, mesmo no inverno parecem guardar um pouco do calor ali deixado pelas pedras incandescentes, vomitadas pelo vulcão.

Olhada apressadamente, a vila poderia se confundir com qualquer outra do gênero que tornou clássico o Mediterrâneo. Se não fossem as ladeiras, poderia parecer uma Mikonos na vertical, debruçada sobre o mar.

Não há comércio forte, nem mesmo aquele insuportável mercado de *souvenirs* que infesta outras localidades próximas, como Almafi, onde não se pode andar nas ruas sem pisar em cinzeiros e vasos que fazem o grosso do interesse turístico. Lá embaixo, perto da praia, há um comércio cafona mas na parte de cima predominam butiques, algumas sofisticadas, tudo pequeno, afinal, a vila não quer abafar ninguém, Sorrento não fica distante, lá o comércio é maior.

Mas visitar a região para comprar alguma coisa é um sacrilégio. O bom de Positano é que parece realmente um limite, um ponto de não retorno. Como Steinbeck antes citado, o viajante logo percebe que chegou aonde nunca pretendera chegar, que dali em diante tudo o que virá e verá não importa, nem mesmo a bela Gruta Esmeralda. É bem maior do que a Gruta Azul, em Capri, mas não tão bela. É silenciosa, independe das marés para se entrar ou sair.

Em Positano, o tempo não tem idade. Pode-se participar de tudo, do mar, da paisagem, do nada que acontece — é o lugar onde mais o nada acontece. E esse tudo, esse nada é grátis, ninguém está ali por obrigação ou fastio, todos estão ali porque não há nada mais a ver ou a fazer. A eternidade pode durar uma semana — todos percebem que era ali que se queria estar e ser.

Comida farta, colorida, festim de cheiros, muitos pratos vindos do mar, com o gosto forte e sensual das águas inundadas de sereias. Muita fruta, a tradição dos vinhos brancos e suaves, bons para serem tomados entre um mergulho e outro.

E quando a noite cai, as luzes de Positano se acendem de um lado. De outro, as luzes de Praiano tremem, iluminando as enseadas marcadas por antigas torres sarracenas. Os barcos que chegam de Capri procuram abrigo na marina que avança para as águas. O *cimbório* do pequeno *duomo* ainda brilha em seus tons esverdeados e negros. O sol deixou na pele da gente um gosto áspero que combina com a suavidade da noite.

Alguns pescadores teimam em se afastar, buscam as duas pequeninas ilhas das Sereias — nenhum deles chegou a ler Homero, mas todos sabem o que aconteceu a Ulisses: pediu que o amarrassem em seu barco para não mergulhar nas águas habitadas por mulheres nuas e fosforescentes que o chamavam. O forasteiro — que veio pela manhã — sente de alguma forma o mesmo apelo. Vindo de muito longe ou de perto, ele sabe que finalmente chegou.

Teclas de acesso para entender o carioca (I)

O carioca é que nem os absorventes íntimos usados pelas mulheres naqueles dias: apesar de bem-situados, não aproveitam o melhor da vida. A culpa é histórica: o Rio foi cobiçado por franceses, depois virou corte portuguesa e, com o advento da República, tornou-se pasto e prêmio para os provincianos que servindo ao poder, serviam-se da cidade.

O carioca foi ficando pelos cantos, refugiou-se nos bairros menos nobres, ao longo dos trilhos das antigas Central e Leopoldina.

Geograficamente, o Rio que vale a pena começa naquela terra de ninguém situada entre os leitos das duas linhas férreas — que caracterizam e determinam o subúrbio — e acaba nas imediações da praça da Bandeira. Depois dela, sim, vem a cidade que é chata como qualquer outra cidade do mundo.

Para uso comum, o carioca é um fraco abusado simpático que se mete em tudo o que não é da sua conta. No fundo, gosta mesmo é de coxinha de galinha da Colombo, na medida em que olha com desconfiança para os pratos de outras terras.

Os baianos têm vatapá, os mineiros têm os toucinhos, os gaúchos, o churrasco, cada brasileiro tem sua culinária folclórica. No

Rio não há nada disso. Além das citadas coxinhas de galinha da Colombo, que o carioca reserva para os dias solenes (casamentos, batizados, aniversários especiais), do que ele gosta mesmo é de ovo frito. Sua comida é simples, sem elementos culturais, coisa rápida e alimentícia. A melhor é aquela que é paga pelos outros.

O carioca é cismado, pior do que o mineiro. Este tem medo do ridículo e por isso se fecha, apavorado com a ideia de que os outros pensem que ele está querendo comprar o bonde ou comer o Pão de Açúcar. O carioca tem reação contrária: ele é capaz de comprar bonde, mas sem passar recibo. Antes de os psicanalistas lançarem o conceito de assumir, o carioca já era um assumido sem o saber. Tirante mulher de boa bunda, ele não se deslumbra com nada.

Pois o carioca assistiu a tudo, viu Pinheiro Machado ser assassinado, viu Getúlio suicidar-se. Nas manhãs de golpe, conviveu com os tanques da Vila Militar que entupiam o tráfego já entupidíssimo de suas ruas.

É o único brasileiro que não faz força para vencer no Rio. É mais fácil o sujeito nascer em Guaranhuns e ir morar na rua Barata Ribeiro do que o carioca nascido no Andaraí-Leopoldo atravessar os túneis e ir morar em Laranjeiras. Se consegue melhorar de vida, descola um pequeno sítio em Jacarepaguá e ali acaba seus dias num calor de 40° — ele gosta do calor. Cria galinhas — outra vocação do carioca que aprecia o fato de alguém trabalhar para ele. Ou simplesmente não faz nada, como quase nada fez ao longo da vida, preocupado em arranjar o mais cedo possível uma aposentadoria frugal, que ele reforça com ganhos de circunstância nem sempre confessáveis.

O carioca não nasceu para ser rico, gosta de caminhar pela vida sem chamar atenção, mas adora tirar vantagem até onde for possível, desde que não haja complicação com a polícia.

A Zona Sul está para o carioca como o Rio está para o resto do Brasil: gosta-se e desconfia-se. No fundo, a Zona Sul é um imenso quarto e sala tamanho família, com janela dando para o mar, onde gente de todos os lugares se esforça para ser carioca. O habitante da Zona Sul é como turista que desembarca no Havaí com aquele colar colorido e a saia de palha. Todo mundo olha admirado para ele, principalmente os havaianos.

Carioca no duro é devoto de qualquer santo, é supersticioso, aceita todas as religiões sem levar a sério nenhuma delas. Não dá despacho em macumba, sobretudo naquela que ele mesmo botou.

É folgazão para uso externo, mas facilmente cai em depressão, transformando-a em pretexto para arranjar qualquer outra coisa: uma namorada, um aumento de ordenado, uma reforma de título bancário. Ele se vira, modestamente, sem muito orgulho mas sem fossa específica — daí ser capaz de aproveitar o velório da mãe para namorar a mulher do vizinho.

Considera-se respeitador das leis gerais da vida — mas sem fanatismo —, afinal, nunca se sabe de onde vem o próximo lance do destino, que pode tornar o carioca mais carioca, ou seja, aquele tipo que aceita a vida sem complicações, sem grandes ambições de poder e glória, mas com capacidade de gozar sua própria dor — desde que isso lhe dê algum lucro.

Diferença fundamental com o Brasil que não é sério e procura sê-lo. E ao usar o pronome de forma castiça, lembremos o finado Jânio Quadros. Prometeu ele que, eleito presidente da República, viria morar no Méier. Se se pudesse definir lagosta dizendo que ela é o contrário de um busto de Napoleão, poderíamos definir o carioca como sendo o contrário do sr. Jânio Quadros. Mas nem tanto: essa história de vir morar no Méier é digna de um carioca que leva a sério a falta de seriedade. Se Jânio como presidente da República tivesse morado no Méier, tudo teria sido diferente. Menos o carioca, que sempre será o mesmo enquanto houver um oiti ao longo do Boulevard 28 de Setembro, em Vila Isabel, onde nasceram o jogo do bicho e os sambas de Noel que alegram o coração, o olhar e o gesto.

Do carioca e de sua circunstância (II)

Crônica recente provocou um temporal de protestos e cóleras. Já estou mais ou menos habituado, mas desta vez me surpreendi. Quando um cronista fala mal de um governante, critica uma autoridade, zomba de um poderoso, evidente que desagrada não apenas o objeto direto de sua paulada, mas os afins e solidários, vale dizer, a um grupo maior que se considera indiretamente ultrajado.

Não foi esse o caso. Tentei fazer, com o pouco engenho e a nenhuma arte de que disponho, não exatamente um perfil do carioca, mas como lá dizia o título da crônica, uma "tecla de acesso para entender o carioca". Dei algumas dicas, caricaturais algumas, outras genéricas, mas todas sacadas de uma observação carinhosa e até mesmo suspeita, pois sou carioca, filho de carioca. É na terra carioca que exerço o ofício de viver. Quando a coisa esteve feia para o meu lado, com seis prisões seguidas e ameaça de um confinamento em Fernando de Noronha, tentei viver em outras terras.

Não deu pé. Saudades dos oitis do Boulevard 28 de Setembro, da maresia do Leblon, das barraquinhas do Angu do Gomes, do caldo de cana com pastel de vento. Uma porção de grandes e pequenos motivos fizeram-me voltar.

Na crônica que irritou a tantos, disse que o carioca é um fraco abusado que se mete em tudo onde não é chamado. É o único brasileiro que não faz força para vencer no Rio (mineiros, maranhenses, gaúchos, baianos — todos se esbofam na disputa por um lugar ao sol, de preferência no Posto 9 de Ipanema ou na barraca do Pepê).

Que o carioca não crê em nenhuma religião, mas é chegado a todas, não dá despacho em macumba, principalmente naquela que ele próprio faz. Que é capaz de aproveitar o enterro da mãe para paquerar a mulher do vizinho. Que gosta mesmo é de coxinha de galinha da Colombo, de tudo que leva ovo frito em cima e de qualquer comilança cívica ou festiva que seja paga pelos outros.

Esqueci de dizer muita coisa nesta tecla de acesso ao carioca. Por exemplo: que ele prefere o cemitério do Caju, pois não acha confiável o Cemitério São João Batista. E que em matéria de mulher, ao contrário dos cemitérios, todas são confiáveis quando estão a meio metro de distância — e a partir desta distância, quanto menor a aproximação maior será a confiabilidade. Mulher a metro e meio de distância, daí para mais, não merece confiança alguma.

Os melhores modelos literários do carioca estão em seus romancistas maiores. No Leonardo, de *Memórias de um sargento de milícias*, no Brás Cubas e em suas memórias póstumas, de Machado de Assis, e naquele personagem que sabia javanês, do imenso e querido Lima Barreto.

Jogados no liquidificador, os três resultam numa pasta deliciosa, da qual somos formados e informados. Gostem ou não da gente, somos assim e assim nos gostamos. Evitamos brigar por prestígio, pelos primeiros lugares, pela glória ou pelo amor. Tudo que é bom nos vem mais ou menos de graça. Inclusive o fato de termos nascido no Rio — que começa neste mundo e não sabe onde acabar.

Autorretrato

Até hoje, quando me olho no espelho, fico assombrado. Então, eu sou aquilo que aparece escovando os dentes, fazendo a barba, verificando o estrago do tempo nos meus olhos? Sempre fui assim? Ou fui pior ou melhor? Quando escovo os dentes, por exemplo, sinto o gosto da infância que nunca foi embora, que me persegue e, em certo sentido, me ameaça. Não pedi para nascer e muito menos para crescer. Não tenho nada com o adulto que substituiu a criança espantada diante do mundo, gostando e temendo o mundo. Fugindo e querendo ser do mundo.

Não sou nostálgico, tenho até aversão aos nostálgicos. Sou melancólico — o que é outra coisa, apesar de parecida. Em criança, gostava das histórias em que um menino partia para conhecer o mundo, envolvia-se com os outros, o gigante que morava no castelo, o duende que morava na floresta, a bruxa de olhos verdes que tinha uma cesta de maçãs (como na história da Branca de Neve), a fada que não tinha rosto, silhueta apenas, que apesar de tudo me protegia.

Gostando ou não dessa gente, eu não perdia a noção de que estava cumprindo um destino, uma missão: conhecer o mundo. Um dia voltaria para dentro de mim, farto dos outros, farto de mim mesmo. A busca transformou-se num retorno — por isso, talvez, minha atividade mais constante é escrever. Um gesto tão infantil como o de escovar os dentes, sentir na boca o gosto da espuma crescendo. Um rito infantil que talvez nunca tenha mudado, é sempre o mesmo.

Daí a pouca ou nenhuma importância que dou ao adulto que me sucedeu. É um farsante. Finge levar a vida com a seriedade possível mas está louco para que a missão acabe e ele possa voltar a ser o menino que cresceu contra a vontade. Por isso, foi mudo até os cinco anos, não conseguia pronunciar nenhuma palavra, nenhum som articulado. E quando falou, falou errado. Trocava as letras, até os 15 anos tropeçava nas palavras. Fez testes (científicos na época) para avaliar o grau de sua dormência mental. No fundo, ele até que se distraía: falar errado ou nada falar era um recurso para não assumir a vida que não quis nem pediu.

Até que fingiu bem. Entre mortos e feridos, teve seus momentos. Mais do que merecia ou precisava. Mesmo assim, nunca soube aproveitar esses momentos. Aos outros, sempre deu a impressão de não estar ali, de estar indo para outro lugar, aflito para ir embora e chegar a um lugar indeterminado onde não é esperado. Mas não importa. A convulsão de ir e de nunca chegar é um truque que ele aprendeu sem querer.

Seria impossível viver sem esse truque. O menino mudo até os cinco anos só falou quando levou um susto. Sua primeira palavra foi um grito. Prometeu-se nunca mais gritar, ainda que o preço do não grito fosse a palavra finalmente falada ou confusamente escrita. O menino encontrou um ofício, mas não um destino.

A GRUTA

Moro na Lagoa há anos e quase todos os dias, ao longo desse tempo, passeio por suas margens ou arredores. Pois no último sábado, um sábado de maio duplamente dedicado a Maria — por ser sábado e por ser maio —, ia andando distraído quando encontrei, no jardim de uma velha casa que ali está desde antes do meu nascimento, uma gruta dedicada exatamente à Virgem Maria.

Sou o único ateu do universo que é devoto de Maria, de santo Antônio, de são José e do anjo da guarda. Demoraria muito explicar essa aparente contradição, nem vem ao caso nem à crônica. O fato é que passara milhões de vezes por ali e nunca vira aquela gruta, não muito grande, mas já coberta de limo e sombra — como convém às grutas.

E a imagem de Maria, em sua versão de Lourdes, tinha uma proporção fantástica com o nicho. Conheço grutas parecidas em diversas partes do mundo. Essa, que é minha vizinha, que está a meu lado há tanto tempo, pareceu-me a mais perfeita de todas.

Após o deslumbramento, a dúvida. Como fora possível, vinte anos ao lado dela, e nunca tê-la visto? Passo por ali todos os dias, a pé ou de carro, e nunca a descobrira. Onde estava eu ou onde estava a gruta?

Aproximei-me do gradil. Fiquei tão confuso que pensei num milagre, milagre de maio, milagre que me abria os olhos para ver o que nunca vira antes. Muita cocada para um pobre marquês, merecer um milagre desses, ainda que dando a desculpa de ser maio.

Um velho varria o chão em torno da gruta. Vendo-me assombrado do outro lado do gradil, veio falar comigo. Perguntou se o jardim não ficara mais bonito após ter cortado a cerca viva que cobria as grades, cerca que impedia a vista da gruta.

Disse que sim, a voz me saiu desolada. Meu milagre de maio se esboroara. Lembrei realmente da cerca viva, era alta, escura, compacta. Derrubada, abrira a vista para a gruta. Mas não abrira o espaço para o milagre que continuo a não merecer.

Outros títulos do autor pela
Editora Nova Fronteira

O ato e o fato
Chaplin e outros ensaios (e-book)
Luciana Saudade
Quase memória
Quinze anos
Rosa, vegetal de sangue
Vera Verão
A volta por cima